ZONA
LIBRE

El jamón del sándwich

El jamón del sándwich

Graciela Bialet

www.edicionesnorma.com
Bogotá, Buenos Aires, Ciudad de México,
Guatemala, Lima, San José, San Juan, Santiago de Chile

Bialet, Graciela
El jamón del sándwich / Graciela Bialet. -- Bogotá :
© Educactiva, S. A. S., 2011.
240 p. ; 21 cm. -- (Zona libre juvenil)
ISBN 978-607-13-0067-6
1. Novela colombiana 2. Adolescentes - Novela 3. Identidad - Novela
I. Tít. II. Serie.
Co863.6 cd 21 ed.
A1286743

CEP-Banco de la República-Biblioteca Luis Ángel Arango

Av. El Dorado, 90-10, Bogotá, Colombia

Primera edición: abril de 2008
Primera edición para América Latina: julio de 2011

Impreso en Colombia - *Printed in Colombia*
Impreso por Editorial Buena Semilla

Fotografía de cubierta: Eleno
Edición: Constanza Penacini
Diseño de cubierta: Hernan Vargas
Diagramación: Blanca Villalba P.

61075843
ISBN: 978-607-13-0067-6

Gracias
a tía Helen por recordarme la cultura árabe.
A Adry por acompañarme.
A Mario, siempre.

El niño que escribía de noche,
hurtando luz,
no ha muerto.

Ahora, consciente de la infamia,
vuelve, sin embargo, como un otoño
y reitera su crimen.

Sabe, en el resplandor solitario,
que toda página es una almohada que grita,
y que la noche observa
por todos los vidrios.

ALEJANDRO NICOTRA[1]

---

1 Alejandro Nicotra, *Lugar de reunión. Obra poética 1967 - 2000*, Córdoba, Gobierno de la Provincia de Córdoba y Ediciones El Copista, 2004.

Querido Diario:

Mañana cumplo 15 años y ya recibí este diario. Empecé como ocho diarios íntimos en mi vida; todos me los regalaron en distintos cumpleaños. Sí, ya sé que al iniciar cada uno prometí completarlo y no cumplí, pero antes era chica para darme cuenta de que es importante tener algo que hacer cuando uno no tiene nada que hacer y busca ser alguien en la vida.

Mmm... ¡Qué enredado sonó eso! No importa. No pienso borronear los primeros renglones, así que, mejor, comienzo contando mi historia, que es tan larga que voy a hacer un resumen (¡uh!... digo resumen y me acuerdo de que tengo que estudiar Biología. Me la llevé a rendir... no soy perfecta, ¡qué le vamos a hacer!... Por el momento me concentraré en mis 15, ¡y ya!).

La verdad es que me encanta la idea de escribir este diario. Mi libro favorito de chica era *Papaíto piernas largas*... Yo soñaba con una historia de amor como la de Judy Abbott. Devoraba cada carta, página por página. Un día mi abuela me interrumpió (de metida que es, nomás), para decir "Medio incestuoso ese libro", cuando me vio leyéndolo. No entendí por qué. No hablaban de insectos en esa novela... ja, ja...

Bueno, ¿por dónde empiezo mi propia historia?... a ver... Sí, sí... Me tienen podrida. Sin duda... ¡Me tienen podrida! Tironeada de acá. Tironeada para allá. Al fin y al cabo yo era hija única y ahora, que mis viejos hicieron la suya, aparecen hermanos por todos lados. ¿Qué hice para merecer esto? ¡Nada!... Estoy harta de ser el jamón del sándwich. ¿Acaso me consultaron a mí para casarse, o cuando decidieron ser mis padres, o cuando se separaron, eh?

No es que me encantara ser hija única, pero eso de que me llenen la familia de desconocidos, tampoco. Porque al fin y al cabo, los hijos del marido de mi vieja son ilustres desconocidos. Mamá está feliz con la vida Ingalls (¿o Simpson?) que lleva ahora junto a Rubén y su prole, pues siempre quiso una familia numerosa, y como no puede quedar embarazada...

Por eso me adoptó a mí. Pero se ve que no le alcanzó y se casó con una tribu completa. Jimena, de 16 años, (alias "el ente"), una creída de no sé qué. Javier, un desubicado... Este año por quedar bien con mamá, aceptó inscribirse en *mi* club (menos mal que yo estoy en el seleccionado de vóley femenino, que si no lo tendría entrenando en la nuca...). Y el tercero, ¡cielo santo!... Salvador... bueno, Salvador es chico, pero ¡cómo rompe la paciencia! Un demonio de 7 años; no para ni un instante de hacer maldades... ¡Todavía no encuentro las llaves del cajón de mi escritorio que escondió vaya uno a saber dónde! Ni pude sacar el maquillaje que desparramó sobre mi cubrecamas. Ni sus dibujos con marcador sobre mi cortina... En cualquier momento lo empujo desde un balcón, como sin querer, de pasadita...

Por suerte me dan tres días de descanso por semana, cuando se van con su propia madre, más los dos que yo paso con mi viejo... Cinco días de tregua. Sin hermanastros a la vista.

Aunque con mi viejo... mmm... Mi viejo tampoco es el premio mayor de la lotería, *no*. Adela, su nueva mujer, es una recontra metida. Se hace la mosquita muerta, la angelical, pero yo sé que lo que pretende es hacerme pisar el palito... pedazo de bruja... para luego echarme a la hoguera... Si por lo menos hubiese convertido el departamento de mi viejo en chocolate, pero no. Es vegetariana, anticelulítica y deportista. La vida sana es su lema. Ya no vivimos a pizzas, hamburguesas y papas fritas con papi. Ahora comemos brócoli y zanahorias. La semana pasada compré a escondidas unas costeletas de cerdo, y mientras Adela no estaba en casa las preparé. ¡A la plancha las hice!, y no abrí ni una ventana. Cuando llegó casi se muere del asco. Y a mí qué. Llevaba dos días a cereales y legumbres... y el cuerpo me pedía proteínas... ¡grasa!... ¡colesterol!... Papá frunció la cara, pero no abrió la boca, que si no, me hubiese obligado a actuarle una escena fatal. Sabe bien lo que le conviene...

Bueno, ya conté bastante para empezar.

Siempre tuya (así se despedía Judy... ¡queda súper!).

Ceci

Aquí estoy de vuelta, querido Diario:

Es de madrugada, pero estoy tan excitada que no puedo dormir.

Me acordé, de golpe (me pasa siempre: de la nada se me ocurren las ideas más increíbles), de un libro que me dieron a leer en la escuela el año pasado. *El diario de Ana Frank*. Lo busqué en mi biblioteca, porque quería acordarme de cómo era que se escribía un diario (como ves, estoy decidida a hacerlo... y bien, de ser posible).

Lleva las fechas según el día en que lo escribió la mismísima Ana Frank, siendo adolescente. ¡No me vengan con cuentos! Esa chica no podía tener 13 años. ¡Cómo iba a saber tantas palabras!... mmm... Para mí que quien encontró su diario, en el escondite donde se ocultaron los Frank de los nazis por dos años, le corrigió los errores de ortografía y el vocabulario. Como nos corrige mi profe de Literatura, en el taller de escritura de la escuela, para publicar al final del curso esa revistita de morondanga que casi no se puede leer impresa con fotocopias tan aguadas. Yo hace tres años que voy al taller, escribo que te escribo, y jamás logré seis líneas como estas:

> *En mi cama bien abrigada, me siento menos que nada cuando pienso en las amigas que más quería, arrancadas de sus hogares y caídas a este infierno. Me da miedo el cavilar que aquellos que estaban tan próximos a mí se hallen ahora en manos de los verdugos más crueles del mundo. Por la única razón de que son judíos.*[2]

Tenía 16 años cuando la mataron en un campo de concentración alemán. Casi como yo. ¡Dios!... En el cole nos hicieron ver un documental de todo aquello... ¡Qué asco! ¡Qué animales! (con perdón de los animales)...

---

2 Fragmento que figura bajo fecha del 19 de noviembre de 1942 en *El Diario de Ana Frank*, Pontevedra, Kalandraka, 2004.

¡Cómo es la vida! A veces cruel y otras, atrevida (¡epa!, me salió con rima, si mi profe la viera, me liquida. Pero como no pienso mostrar este diario a nadie, no tacharé ni una letra... por ahora).

Yo voy a escribir mi diario como y cuando se me dé la gana, como carta o no, con fechas o no, como me salga y chau. (Y lo esconderé bien, porque si algo me sucediera, quienes lo encuentren en el futuro sabrán de mi vida, que no pasará sin penas ni gloria gracias a estas páginas... chan... channn).

Tuya.

Ceci

PD: Mi viejo dice que tengo tela de artista, por eso escribo. Mamá, que me hago la artista, dándomelas de literata. Yo solamente me conformaría, como dice la profe, con que la literatura me escriba a mí.

Los preparativos de la fiesta me están matando, querido Diario:

No me dejan participar en nada. Dicen que es una sorpresa. Que me relaje. ¡Que me relaje!... Sí... ¡Está fácil!...

Mi mamá grita por todo (más que de costumbre). Con el florista. Con la peluquera. Con los del servicio de comida. Peleando con mi viejo por la plata, con Rubén porque no la entiende, conmigo porque no valoro todo lo que hace por mí... etcétera... etcétera... etcétera...

El teléfono está al rojo vivo. Y los celulares ni qué hablar. Llaman los parientes, llaman los invitados para confirmar. Javier no para de hacer mandados ("La cigüeña" le pusimos de sobrenombre, porque demora nueve meses y trae lo que quiere); Salvador intentando entrar a mi cuarto para hurgar los regalos que van llegando (y yo a los coscorrones sacándolo de entre mis cosas); y Jimena rebotando contra las paredes, porque siempre está en el medio cuando mi vieja pasa como un bólido entre el escritorio y la cocina atendiendo a unos y a otros. O sea, solo falta el cantinero de Los Simpson, y ¡cartón lleno!

La pobre Amalia, a pesar de que trabaja en casa desde hace como mil años, anda como bola sin manija, y para calmarme me insiste con que yo escriba todo en este Diario, que para eso me lo regaló, para que recuerde siempre estos "maravillosos" días de quinceañera. Ja… Si no la conociera de toda la vida (la requetequiero desde cuando era mi niñera), juraría que se contagió de la locura de mamá.

Yo ya dejé bien claro lo que me haría feliz y lo que puede provocarme un infarto. No es para meter presión, pero mi vieja quiere hacerlo todo sola… y bué… que se lo aguante. ¿No quiere mi opinión?… y bué… que se las arregle. Yo lo único que espero es que sea un festejo y no mi certificado de defunción social.

Que Dios se apiade de mí. Cariñosamente tuya. (Sigo mimetizada con Judy Abbott).

Ceci

Aquí estoy de nuevo, querido Diario, cronicando... (No, si cuando me da por escribir...):

Después de todo salió bueno el festejo. ¡Recibí un montón de regalos! Todavía es como si escuchara la música de fondo. Yo no quería fiesta de 15, pero mi mamá insistió, insistió, insistió... y ya se sabe que no se puede contra una madre porfiada (menos con la mía). La preparó como si fuese ella la que cumplía los 15. Y se la hizo pagar todita a mi viejo, claro.

Abuela Yamile prestó su casa. Es una casona enorme, antigua. Antes quedaba en las afueras, pero, ahora que la ciudad creció, parece estar más cerca. Ojalá no le edifiquen edificios alrededor y el cemento no le trague la luz al patio.

En esa casa nací... Bueno, nacer... lo que se dice nacer, no... pero sí, ahí llegué con mi familia por primera vez. En el zaguán de ingreso están las fotos de las cuatro generaciones de Zucarías (incluidos papá y yo, cuando era chiquita). ¡Si hablaran esas paredes... las historias que se sabrían! Es que da para todo esa casota. Una vez arranqué un pedazo de zócalo de madera que sobresalía del borde de la escalera que lleva al altillo, y descubrí montones de pequeños trozos de azulejos turquesa, todos prolijamente cuadrados, perfectos para jugar horas y horas a armar hileras, paisajes y formas de animales. Papá me confesó que ese también había sido su escondite secreto cuando niño. Guardé en aquel refugio una cadena con la medalla de una Virgen (muy pequeñita, casi un dije), que dice mamá que traía puesta cuando me trajeron del Juzgado de Menores.

Adoro esa casa. De chica me fascinaba y, aún hoy, me llena de alegría y de fantásticos pensamientos cuando me echo sobre el piso de la galería a contar los caballitos y flores de lis de los mosaicos. Tiene seis habitaciones y un balcón de princesa al que se llega mejor trepando la glicina que por la puertaventana de la habitación principal. ¡Ah!, y un parque maravilloso (aunque un poco selvático, ya), con una fuente de angelitos custodiados por dos palmeras gigantes.

A metros de la fuente montaron la carpa para la fiesta. Por suerte sin globos rosados, ni lilas, ni blancos, ni de ningún color. Le prohibí a mi vieja poner globos. Los detesto. Cuando era chica les tenía terror. Igual que a los payasos. (¿Seré normal yo?) Es que no quería fiesta. No me gustan las fiestas, ni los cumpleaños, ni las Navidades (los regalos sí). Para mis 15 prefería ir de viaje con tía Beba a Brasil, pero no me dejaron (para variar). Tía dice que lo mismo, cuando yo cumpla 17 y ella se gane la lotería, vamos a ir.

Bueno, pero al fin el festejo no estuvo mal, aunque tuve que imponer algo de sentido común un par de veces. Papá y su mujer (yo creo que fue idea de la ridícula de Adela) pretendían que me pusiera un vestido rosa rocío, lleno de piedras brillantes. Me lo mostraron en un catálogo de la colección de una casa de vestidos de fiestas. La modelo parecía una muñeca del libraco de historia que heredé de mi tía abuela (... de cuando ella iba al colegio), llena de tules y encajes. Antes muerta que ponerme eso. Mamá, a quien le hubiera encantado verme en alguna de esas versiones Barbie, se puso de mi lado por puro gusto de oponerse a mi viejo. Zafé. (Rubén en esto no corta ni pincha... La que me faltaría, ¿no?) Así que me compré unas calzas de seda con una mini de gasa arriba, ambas negras. Una blusa negra y roja con aplicaciones plateadas (cortita, así cuando bailé pude mostrar el *piercing* de plata que me puse en el ombligo). Al fin y al cabo algo de brillo tenía que llevar. Tacos colorados (no tan altos como hubiese querido porque si no le iba a sacar una cabeza de ventaja a cualquiera de mis amigos).

Me corté el pelo a la nuca (no fuera que quisieran hacerme bucles de princesa). Me maquillaron apenas y tuve que agregarme algo más de delineador de ojos. Un bombón, propiamente. (Lo confieso, no me importa, total este diario es solo papa mí... Me encanta cuando papá me llama su bombón).

Al bajar del cuarto hacia la fiesta, papá me colgó una cadena de oro blanco (sabe que odio lo dorado) con un brillante casi microscópico, su regalo. Me sentí una reina en su baile de presentación. Es un romántico incurable, mi viejo. Mamá soltó el moco, y al pie de la escalera me dio una pulsera preciosa con tres dijes de plata (una "C", por mi nombre, obvio; un corazón, por el amor que me tiene, dijo; y el tercero, una ranita esmaltada ¡preciosa!, por la canción que siempre cantaba para dormirme... "cucú, cucú..."). ¡Qué lindo sonó todo eso!... los dijes le pusieron música de cascabeles al abrazo que nos dimos. (¡Ay!... No quiero parecer odiosa, pero, por un lado, me sentí halagada y protegida por mis padres con esas alhajas, pero por el otro, los imaginé como encadenándome al cogote y la mano para no soltarme más... Sí, sé que suena terrible... Soy una porquería...).

Lo cierto (sin falsas modestias) es que me veía fa-bu-lo-sa. Rara vez me gusto, siempre me falta relleno o me sobran granitos. Me ajusta la ropa o me quedan embolsados los jeans. Pero para mis 15 ¡estaba genial! Voy a pegar una foto acá, para no olvidar que a veces soy linda.

Todos me esperaban, a oscuras. Cuando puse un pie adentro de la carpa, un cono de luz me iluminó y una bola giratoria destelló luces intermitentes de colores. Comenzó a sonar una de mis canciones favoritas:

> *Apoya sobre mi brazo tu pequeño corazón. No temas,*
> *detrás de la ochava nada puede alarmarnos demasiado.*
> *Solo el horizonte que asoma para luego volver a esconderse.*[3]

Unos maestros los *Sarna con gusto*; son lo más. Todos cantaban y aplaudían sonrientes siguiendo el ritmo de mi banda de rock preferida (mamá quería poner a una lenta... bien romántica... puaj... ¡qué ridícula!).

Cuando digo que estaban todos, son ¡t-o-d-o-s! A la derecha mamá y su familia (en esta ocasión, versión Ingalls). A la izquierda, en la otra punta del ring, papá con la suya. Por fortuna, el centro del semicírculo, repleto de amigos míos.

Marianella salió a mi encuentro para darme el primer abrazo, con una rosa en la mano. Es mi me-

---

3 Francisco (Paco) Urondo: "Tu pequeño corazón", en Francisco Urondo, *Obra poética*, Buenos Aires, Adriana Hidalgo editora, 2006.

jor amiga. Amiga del alma. Nos conocemos desde siempre (mismo colegio, mismos gustos, mismo club). Íntimas.

Luego, los ochenta invitados se me vinieron encima. Di tantos besos que me despinté un poco.

Un pelotón de amigas me llevaron de acá para allá toda la noche. Debo reconocer que estuvo buena la fiesta: la comida exquisita y con autoservicio, porque eso de esperar que los mozos te sirvan lo que ellos quieren... (No quiero ser tan retorcida, pero no puedo evitarlo... siempre observo particularmente las manos de quienes me alcanzan o preparan alimentos, mmm... porque van al baño y tienen nariz, como todo humano... ¡ajjj! Ni pensar... ¡basta!).

Sí. Mucho mejor servirse y comer lo que a uno le gusta. Quien quiso armó su menú con lo que había disponible: fetas de carne, de pollo, de cerdo, fiambres, verduras, salsas, arrollados y panes. Pizzas a la madrugada. Mesa de dulces por otro lado. Yo comí poco, pero las bandejas quedaron peladas después de la medianoche.

Los arreglos de flores blancas, amarillas y anaranjadas en las mesas quedaron preciosos. Mamá y tía Beba los armaron uno por uno. El que se puso un poco pesado fue el fotógrafo, que me llevaba a cada rincón para posar con los invitados. Tía Beba también, toda la noche, estuvo dele disparar el flash de su digital. Me harté de hacer muecas para las fotos. Pero mis amigas venían a rescatarme a cada rato. Comimos, bebimos, bailamos, transpiramos. Ni hablar de las filmaciones (odié a mi vieja por ese video trillado con fotos y películas de toda mi vida, proyectado en una pantalla gigante... ¿Le puedo perdonar que haya mostrado aquella foto mía del primer día que hice pis en el inodoro, calzón abajo y con el dedo incrustado en la nariz, escarbándome hasta el cerebro?... A veces pareciera que me odia esa mujer...). Luego vinieron los suvenires, las velas, el vals de los 15 con papá, con Rubén, con el abuelo Alberto y con mis hermanastros. Mamá llorando. Adela también, para no ser menos. Por fin parecía la Cenicienta. Faltaba que después de las doce campanadas perdiera un zapato y ¡ya!

Abuela Yamile juntaba los regalos poniéndoles nombres a los que no traían tarjeta, para que los abriese al otro día, más tranquila. No podía con todo.

El que me sacó a bailar el vals, también, fue Sebas. Qué lindo estaba. Más que nunca.

(Ya me cansé de escribir). Siempre tuya.

Ceci

Te mentí sin querer, querido Diario:

Yo creía que todo había salido perfecto en la fiesta, pero me acabo de enterar de que el poco seso de mi abominable hermanastro Javier "se olvidó" (oh... "se olvidó"... claro... ajjj...) de cargar todos mis regalos, y quedaron varios en lo de la abuela.

Alcanzó a meter en el baúl del auto de Rubén algunos paquetes, los bolsos llenos de ropa con que nos vestimos, ¡y hasta entremezcló bolsas de basura!... que según él encontró preparaditas en la puerta, listas para ser cargadas (¡sí por los recolectores de residuos!... pedazo de imbécil...), pero mis regalos, ¡no! Allá quedaron.

Algunos los había alcanzado a ver, como la cadenita de plata que me trajo Marianella, o unas pantuflas espantosas con orejas de conejo (color fucsia, como si fuese poco... imposibles de pasar desapercibidas) que me entregó con grandes gestos tío Pancho frente a todos (tiene un gusto podrido, ese...). Y varias chucherías más. Pero faltaban muchísimos que dejé que abuela juntara para verlos luego, porque o abría cada uno, o posaba para las fotos, o bailaba, o saludaba, o me divertía. Todo al unísono, no.

Mamá jura que le repitió tres veces a Javier que los llevara hasta el auto, pero entre tanta gente y emociones (y el idiota se había tomado hasta el agua de los floreros... ¿nadie lo notó?) a ella se "le pasó" controlar si lo había hecho. ¿Qué? ¿Perdón? ¿Alguna vez Javier hace bien lo que le mandan? ¡Jamás! Si *yo* me hubiese "olvidado" los regalos de *él*, la tendría a mamá y a Rubén pegados en mi oreja, dale que dale con sus sermones en frecuencia modulada, machacándome el coco. Pero como es el "nenito de papá" quien se "olvidó"... pobrecito... ¡A mí que me parta un rayo!

No me importa, me voy a lo de Abu y lo resuelvo. Porque lo que yo no solucione en *mi* vida por cuenta propia, nadie en esta familia lo hará.

Tuya, **Cecilia Zucarías**

PD: Perdón por el tonito, pero estoy furiosa y no sigo escribiendo por no arruinar más páginas de este diario.

Escribo desde la resistencia, querido Diario:

Estoy en casa de mi abuela. Vine a buscar los regalos, ¡claro!, y pienso quedarme unos días, por lo menos hasta que se me pase la bronca. Dejé una nota en casa y chau, me fui. Hoy andaban desesperados todos, como siempre que tengo que poner los puntos sobre las íes. Mamá me llamó al celular tres veces, tratando de conformarme y dándome un permiso que no le pedí para venir a lo de *mi* Abu. Papá con lo suyo, peleando con mi vieja porque por culpa de *su* descuido me había arruinado la ilusión de la fiesta (cualquier pretexto les sirve a esos dos para seguir batallando y yo soy su excusa perfecta, por supuesto). Hasta Javier me llamó pidiéndome disculpas, obligado a punta de cañón por Rubén, seguro. Más de lo mismo. La cuestión es que me fui de ese loquero y acá estoy en paz.

Cuando llegué, vi estacionado un camión en el portón de entrada al jardín. Era de la empresa que contrataron para mi fiesta. Varios obreros desmontaban la carpa. Otros cargaban cajones con vajilla.

La abuela revisaba sus canteros y recogía papeles alrededor de la fuente.

Abulinda (le encanta que la llame así) me abrazó como siempre. Adivinó que iba por mis regalos. Me esperaba para abrirlos juntas. ¡Es tan curiosa la abuela! Conociéndola, raro sería que ya nos los hubiese estado espiando.

Nos sentamos en el sillón de mimbre de la antesala. La luz del jardín del patio interno entraba por el vitral, destellando rojos y violetas por entre los helechos colgantes.

Los regalos desbordaban dos enormes bolsas de consorcio. Abu Yamile los acomodó así, y al tanteo, según ella, los organizó: regalos de la familia en la bolsa negra, y los de amigos, en la verde... mmm... ¡lo que inventó para hurgarlos!, pero a Abulinda le perdono cualquier cosa. Bueno, *casi* cualquier cosa, tampoco es cuestión de entregarse atada.

Alcancé a decidir que abriríamos primero los regalos de mis amigos. Como indica la tradición, empezó a romper paquetes para atraer a la buena ventura (cábalas de familia).

Siete collares y once anillos de acrílico, de plata, con canutillos; algunos lindos y otros descartables. Un atrapasueños que sonaba a viento, ¡precioso! Abu leía las tarjetas y escribía en ellas el contenido del regalo para que luego supiera agradecer a cada quien. La miré con cara de pocos amigos y se comprometió a ayudarme. Lo hará ella, claro.

Sebas me regaló una caja de música de palo santo que perfumó el ambiente apenas la abrimos. Cuando le di cuerda, sonó una versión metálica de *Imagine*, de John Lennon, que a Abu le hizo saltar un par de lágrimas. A mí me pareció bastante anticuado el regalo. Me hizo acordar de la cajita de música laqueada que mamá tenía (esa sí que es prehistórica con la melodía del *Para Elisa*), regalada para sus 15 por su amigo del alma, el tío Esteban (bah, tío de sangre no es, pero para mí siempre fue como un tío... Al fin y al cabo de sangre, sangre, yo no tengo parientes...). Si habré jugado con esa cajita, la armé y desarmé como doscientas veces.

Entre todas mis compañeras de vóley, me compraron un equipo deportivo con la marca de la selección. Está rebueno, ¡siempre quise uno así!, pero me dio vergüenza pensar que me lo regalaron porque ya les daría pena verme con el conjunto azul que uso desde hace dos años para todos los campeonatos. ¡Se jugaron! Claro que se los agradeceré.

Mis amigos del barrio (los de la casa de mamá, porque los del edificio de pa no trajeron ni saludos... son unos miserables, esos...) también se pusieron de acuerdo para comprar un par de zapatillas. Pasables, sí, aunque ese color verde... Veré si puedo cambiarlas.

Isabel me trajo un libro de poemas muy raro, hecho con tapas de cajas de cartones, muy original. Leeré de qué se trata. Pedro y Analía, dos más: una novela y uno ilustrado de mitos. María Eugenia, una agenda con poesías de Federico García Lorca, una para cada día, con tapas de cuero y papel sedoso, preciosa. Mis amigos saben que me gusta leer y escuchar música. ¡Seis discos nuevos! ¡Genial!

Bueno, me está llamando Abu para ir a almorzar. Después te sigo contando, sobre todo porque voy a necesitar tiempo para comentar algo sorprendente... ¿inquietante?... no sé si te querrás enterar...

Siempre tuya (las tripas me llaman a gritos... ya vuelvo).

Ceci

La sigo, mi Diario querido:

Es así, nomás... De este mundo llevarás, panza llena y nada más, como dice Abulinda. ¡Exquisitas las empanadas árabes que preparó! Cinco me comí. Tengo cerebro de vaca aunque por fuera parezca una lombriz. Bueno, el postre no lo probé (unas calorías menos son un par de calorías menos... matemática pura, como dice tía Beba).

Ahora la sigo. En la bolsa negra de los regalos de los parientes (buen color eligió mi abuela para la bolsa de los parientes, negra, bien negra...) había baratijas de todo tipo.

Regalos importantes, también. Carteras, remeras, ropa interior, un jean bordado con hilos de jean desflecados ¡espectacular! que mandó tío Esteban (andaba por Caracas, de luna de miel con alguna novia, seguro, por eso no vino), un camisón (rosa... *puaj*... ¿Cuándo se va a dar por enterada mi espléndida prima Sabrina que odio a Barbie?). Más pulseras, más anillos, más collares. Va el colmo de los colmos: ¿Se puede creer que tía Celina me haya traído una muñeca de porcelana de adorno?... de esas con cara de *lifting* recién hecho y ojos saltones... Vestida enterita de dorado furioso... ¡*sí*! Encima en la tarjeta decía "para que me recuerdes siempre"... claro que la voy a recordar, ¡por ridícula! Abu casi se hace pis de la risa. Yo, de rabia. ¡La plata que habrá gastado en esa porquería! (Es inexplicable que mi propio tío Omar, gobernado por esa gringa mamarracho y hermano de mi mismísimo padre, le haya permitido gastar un solo centavo en ese cachivache). Lo único bueno que han hecho esos dos son a mis tres primos (los recontraquiero a Analía, Juan Marcelo y Milagros, lástima que viven tan lejos, allá en Litoral). Ellos reivindicaron a la familia y me trajeron una bombacha de gaucho, color tierra. Nunca me hubiese comprado algo así, pero me pareció superoriginal. Y me queda como pintada al cuerpo, ¡súper!

El mejor regalo del mundo: la divina de la tía Beba me trajo, fotocopiada y encuadernada, su colección de cartas de amor, con fotos y todo. Adoro esas cartas. Desde pequeña me leía alguna luego de miles de ruegos para que me contara una y otra vez sobre su eterno enamorado, Beto, novio para siempre, como dice ella (un día se fue y no regresó jamás). Tía nunca se volvió a enamorar y por eso se quedó solterona. Da la impresión de que aún lo espera, como Penélope (la del bolso de piel marrón). Pobre.

> *Adiós amor mío, no me llores, volveré, antes que de los sauces caigan las hojas.*[4]

Para mí que Beto ya no vuelve, se cayeron todas las hojas del almanaque y del tipo ni noticias...

Sigamos. Otro regalo bien original (y de vieja): el de tía Helen, ¡un jarrito de bronce para hacer café a la turca!, que había pertenecido a sus abuelos. Ella está llena de objetos encantados y misteriosos, como sacados de los cuentos de *Las mil y una noches*.

Y ahora, lo más extraño que recibí: una carta. En realidad una tarjeta llena de osos y corazones, de esas que te dan en los semáforos los chicos de la calle, a cambio de una moneda. Anónima. Con letra torpe, alguien me deseaba que fuera feliz, que se cumplieran mis sueños, que se alegraba de verme tan grande y bonita entre amigos y familiares... Tonteras por el estilo. Más allá de no estar firmada, lo que realmente me sorprendió es que abajo del "feliz cumpleaños" aparecía calcada (manualmente, como pasándole

---

4 Joan Manuel Serrat, *Penélope*. Canción basada en el mito griego de Penélope, esposa de Ulises.

por encima con el grafito de la mina de un lápiz), la impresión de la misma medallita que yo escondí, y que dicen traía puesta cuando me adoptaron.

Abu la miró de un lado a otro, hizo un gesto de molestia y luego me sugirió que tirara eso, para qué amargarse con boberías. Insistió con que lo importante siempre deja huellas. Si alguien bien intencionado tiene algo que decir, lo hace de frente. No capté del todo, pero le arrebaté la tarjeta a punto de hacerla un bollo. No quise romperla porque me intrigó.

Busqué esa medalla, en mi escondite del zócalo al borde de la escalera que sube al altillo, para comprobar mis sospechas. Y sí, era idéntica su forma, tamaño y la figura de la Virgen grabada.

¿Quién pudo saber dónde la tenía guardada para hacerme esta broma? Mi papá es el único que conoce el lugar, pero no hubiese tocado mi tesoro sin decírmelo al menos. No, él no.

Mis primos de Litoral también conocían mi refugio, pero cuando ellos pasaban sus vacaciones acá, yo escondía mi medallita en la cajita de música de mamá, por las dudas, porque una vez Analía, sin querer, mientras jugábamos con los azulejitos turquesa a formar figuras, dejó caer mi tesoro por los escalones y estuvimos tres días sin poder hallarlo. Casi me deshidraté llorando de la angustia, y desde esa vez, mamá me prestó su propio guardasecretos para casos de emergencia. Mis primos regresaban a Litoral y mi dije a su guarida. Así siempre.

¿Pudo ser Sabrina?, mmm... venía siempre a casa a jugar cuando éramos chicas y la familia de mi vieja se instalaba en lo de Abu como si fuese su propia casa (una pesada tía Kuky y ni qué hablar de su hija, proyecto de Barbie... ¡Una pesada la nena!... Todo el tiempo andaba atrás mío, gritando, quería mis juguetes, se colgaba del cuello de mi abuela como si fuese suya... ¡Más vale no acordarse!). Suponiendo que Sabrina supiese algo acerca de esta cadenita, no creo que le dé el seso para tejer una intriga sin que se enteren en la CNN... ¡no! Ya lo sabríamos... ¡Sabrinamente! ¡Ja, ja!

No se me ocurre quién podría querer hacerme notar que mis secretos no están bien guardados. ¿Qué secreto? Todos saben que soy adoptada. Ese no puede ser el motivo. Pero ¿a quién le puede importar adónde escondo yo algunas cosas?... y ¡guarda! ¿qué cosas? ¡Por una cadenita de lata no van a estar tomándose la molestia de escribir ese mensaje en una tarjeta de cumpleaños! La verdad es que es una incógnita.

¡Basta de escribir! Me voy a probar la ropa interior que me regalaron y a escuchar los discos nuevos. Chau.

Tuya siempre (para variar un poco, bah).

Ceci

PD: Voy a pegar la tarjeta misteriosa acá, por si se me ocurren nuevas pistas.

Descifremos algunos enigmas, querido Diario:

Vino tía Beba a visitarme para ver mis regalos. Abulinda hizo el chiste de retarla porque no entraba con disfraz de camuflaje. Yo me sonreí, pero no le pregunté si la mandaba mamá a espiarme, porque tía sería incapaz de traicionarme. No sé cómo son hermanas esas dos; el día y la noche, agua y aceite, nada que ver mamá y Beba. ¡Gracias al cielo!

Nos abrazamos un montón. ¡Estoy tan contenta con el libro de cartas de amor que armó artesanalmente para mí, con tapas de papel que ella misma recicló! Lo encuadernó cosiendo las hojas con un cordón de seda azul, anudado en las puntas con unas cuentas de madera y cerámicas que, al colgar y chocarse entre sí, le pusieron hebras de música a cada página. ¡Precioso! En la carátula pegó una foto antigua de ella besándose con Beto y en la contratapa una de nosotras dos. ¡Desprende amor por todos lados! Es que para tía también ha sido muy emotivo cederme la historia de su romance. Dice que es como pasarme su mejor herencia en vida y que yo sabré hacer con esas cartas más que buenas lecturas. Ay... si a mí un novio me escribiera "tus ojos ven más allá de la frontera de mi universo y hacen habitable ese mundo nuevo que construiremos", yo también lo esperaría el resto de mi vida.

Abu quiere a tía Beba como a una hija, aunque no sean parientes directos. Rezonga (y su cuota de razón tiene) que mis viejos son los que se divorciaron, ella no, y no es su problema ni cuestión de aceptar que le arrebaten con leyes de bienes gananciales el cariño bien invertido por tantos años.

¡Más que a mi mamá la quiere! Bueno, no es para menos, si mi vieja, además de haberse separado de papá, es insoportable. Todo tiene que supervisarlo. Todo debe hacerse como ella dice. Más que enfermera parece gendarme. Se cree una sabelotodo... ay, ay, ay... Si como madre es pesada, mejor no pensar lo que debe haber sido como nuera. Abuela y tía Beba siempre aparentan estar del lado de mamá cuando se arma una discusión, pero terminan apoyándome a mí aunque sea con una mueca. Y así debe ser: al fin y al cabo yo soy más familia de mi Abu, y más del palo con mi tía, que mi propia madre.

Tía Beba dice que esa tarjeta misteriosa es de muy mal gusto, más allá del diseño (que es horroroso, sin dudas). Cómo alguien bien nacido pudo entregarme un mensaje anónimo en mi fiesta de cumpleaños. (Yo sé que es un modo de decir eso de mal nacido, y que tía no lo dijo para ofenderme, pero yo, que no sé exactamente ni qué día vine a este mundo, ni dónde, ni nada... ¿seré bien nacida?... Si hasta me inventaron la fecha de nacimiento en el juzgado, a partir de un estudio en los huesos de mi mano, que me hicieron de bebé, para que el juez eligiera entre el 9 y el 15 de octubre y finalmente dispusiera el 14 en mis documentos. Por otra prueba genética, también supimos que soy afrodescendiente).

Les mostré el famoso dije y tanto Abu como tía confirmaron que era idéntico al que aparecía sobremarcado en la tarjeta misteriosa. Me pareció que las dos se estremecieron un poco. Abuela corrió a buscar una gaseosa y galletas para pasar el momento. Cuando regresó le pregunté si ella me había visto con esa medallita cuando mis padres me trajeron del juzgado. No se acordaba. Insistió con que lo consultara con papá. Tía Beba afirmó que yo llevaba puesta esa medalla con una cadenita en el cuello, pero no habló más. Quedó pensativa y algo esquiva (¿me pareció?) así que arremetí contra las galletas, mientras Abu sacó a relucir la muñeca de porcelana que me regaló tía Celina. Para no ser menos, me calcé las pantuflas fucsia con orejas de conejo. Tía Beba se probó el camisón Barbie y por fin las tres nos retorcimos en carcajadas recordando algunas anécdotas de mi infancia y chismorreando sobre los trajes y peinados de algunos invitados en la fiesta.

Completamos la panzada de risas viendo el montón de fotos que tomó tía Beba con su cámara digital (porque cuando nos tentamos, ¡somos de atar!... Abu con su válvula urinaria floja... tía que llora y le viene el hipo... y a mí que me da por atragantarme... un verdadero escándalo hicimos...). "¿Quién es esa? ¿Quién es este que se ve tan alegre? ¿Y aquellos que bailan apretados?", preguntaba Abu casi incrustando sus lentes sobre la pantalla de la cámara. (Peor cuando la lengua se nos desató... ¡otra que programas de chimentos!...).

Apareció en una foto un hombre que ninguna conocía (un tipo joven para ser viejo y un vejestorio para ser mi amigo). "Un colado", dije. Pero quedé muy intrigada, ¿quién sería? ¿Con quién habría venido? Alto, morocho. Bastante mal vestido, como si el traje le quedara grande. Definitivamente, no podía ser amigo de mis amigos con esa facha. ¿Tal vez vino con mis primos desde Litoral?... Raro. Un camarero no podía ser porque no llevaba uniforme. ¿Alguien de la empresa para supervisar el servicio? Tal vez...

Ya anocheció. Me voy a dar un baño porque está por llegar Marianella. Alquilamos una película. Ella trae maíz para inflar en el microondas. Noche de cine en casa de la abuela. Tal vez invitemos a un par de amigos más. Veremos cómo viene la mano.

Hasta mañana. Tuya.

Ceci

PD: No puedo con mi genio de lectora de novelas policiales y tengo que unir datos para descubrir la incógnita. Tarjeta anónima + hombre desconocido en una foto de mi cumpleaños = posible sospechoso. Y sí, si tiene cuatro patas y ladra, es perro.

Es casi una proeza reunir a la familia, querido Diario:

Marianella se quedó a dormir porque se hizo muy tarde después de ver *Shakespeare apasionado* (rebuena esa película). Se nos coló tía Beba, y Abu también, así que no invitamos a nadie más. Ni hablar a solas pudimos (me parece que quería contarme algo... *no problem*... Si hubiese sido importante lo hubiera dicho).

Cuando nos despertamos, estábamos desparramadas en los sillones de la sala.

Abu nos trajo un desayuno tipo almuerzo como a las dos de la tarde. Panes con *laban,*[5] *hummus,*[6] unos niños envueltos y varias empanadas (todos fósiles descongelados y riquísimos), más un vaso con jugo. ¡Se pasa la *site,*[7] fiel a su herencia palestina, cualquier hora es oportuna para bien comer… *"yakul, yakul"*[8]!

Después llamé por teléfono a papá. Le pedí que viniese a cenar, necesitaba hablar personalmente con él. ¡Urgente!

Llegó con Adela (es como si la tuviera anudada al tobillo). Gracias a su obsesión vegetariana, se quedó conversando con la abuela en la cocina y yo pude preguntarle a papá por la medallita.

Él me aseguró que la traía colgada junto con un chupete. El bendito chupete colorado que dejé recién a los tres años, ya con la goma rotosa y casi podrida (es que me compraban de distintos tipos y formatos, pero yo solo quería ese). Él creía que fueron las enfermeras que me cuidaron en el hospital, donde estuve mis primeros cinco meses de vida (mientras aparecían padres adoptantes), quienes me colgaron esa medalla. Mis viejos me la sacaron al llegar a casa porque tenía los pliegues de la piel del cuello muy marcados y temieron que terminara lastimándome.

---

5 *Laban*: yogur árabe. También se consume espeso, sin suero, como queso para untar.

6 *Hummus*: puré de garbanzos y pasta de sésamo.

7 *Site*: vocablo árabe de uso coloquial para llamar a la abuela. En lenguaje formal es *yadda*.

8 *Yakul*: (لُكأي) comer.

Varios años después, yo la descubrí en un cajón de mamá y la escondí.

Por primera vez en mi vida quise saber en qué hospital había estado. ¿Ahí habría nacido? Papá aseguró que prefería que habláramos de todo eso con mamá. ¿Los tres?... mmm... Casi ni recuerdo la última vez que estuvimos los tres solos, conversando como seres civilizados. Hace cinco años que mis viejos están separados definitivamente (lo cual es bastante más saludable, porque era peor vivir con ellos peleándose el día entero), pero solo recuerdo fotos de los tres juntos cuando yo era muy chiquita.

Una vez oí decir a tía Celina (vieja arpía, si las hay) que papá me adoptó como "trofeo de guerra", para que mamá se quedara con él y lo quisiera un poco más. (Chismosa y metepúas, también). Si fue el viejo quien, finalmente, se fue de casa. Ellos juran que yo no tuve nada que ver con su separación, que me aman por sobre todo (como dicen los libros que hay que decirles a los hijos de padres que dejan de quererse, ¿vio?). Igual, yo siempre me pregunto: ¿Por qué me buscaron para armar una familia si luego se iban a divorciar? Tal vez, con suerte y viento a favor, me hubiesen podido adoptar unos padres más cuerdos... Claro que, quizás el viento soplaba en contra, y me tocaban en desgracia otros peores (... y a mí las desgracias se me prenden como garrapatas, ¿eh?).

Lo que me revienta es cuando escucho a algunos decir "qué bendición, pobrecita... ¡la vida que hubiera tenido si no la hubiesen adoptado...!". Mamá una vez casi se agarra de los pelos con la directora de mi escuela por eso. Se puso como loca. "Mi hija no es ninguna pobrecita", le gritaba. Y me aclaró que era ella quien se sentía agradecida porque yo fuese su hija, que los hijos biológicos no tienen más remedio que soportar a sus padres, pero, en mi caso, se emocionaba al confirmar que la quería de todos modos, como si yo misma la eligiese a ella diariamente. (Es que no se da ni por enterada que, de vez en cuando, tengo ganas de ahorcarla... ¡Y a su tribu, casi siempre!).

Por lo que me cuenta Marianella, con sus padres (que sí son biológicos) no es tan diferente. También los quisiera lejos, lejos, lejos. Hasta me envidia, pues dice que es genial que mis viejos estén separados, porque yo cuando me enojo con uno me voy con el otro, y si me enfurezco con los dos me amotino en lo de tía Beba o con mi abuela; en cambio ella no tiene más remedio que encerrarse en su cuarto y aguantarse las golpizas que le da el bestia de su padre cuando se sale de las casillas. A mí, al menos, nunca me han puesto una mano encima. Al final es como dice el dicho, cada cual con su rosario.

Vamos a ver si mamá accede a esa charla entre los tres, sin tribu, ni esposos, ni la legión de extraterrestres que nos rodean.

Mío para siempre (tampoco es cuestión que yo sea tuya, y vos mío ¿qué? Je, je).

Ceci

Ya jabibi[9] Diario:

¡@&#!... (me encantan los insultos de las historietas). Mañana tendré que volver a casa para prepararme para el colegio (¡y rendir Biología!). Dejé todas mis carpetas y apuntes allá. Dios sabe lo que hallaré si ese niño maldito hizo otra de las suyas. Va a tener que hacer gala de su nombre para salvarse de mis garras si metió mano en mis cajones de nuevo.

---

9 *Ya jabibi*: pronunciación de "mi querido", en árabe.

En casa de Abu aproveché para buscar el librote con la versión ilustrada de *Las mil y una noches* (una bastante erótica) que ella me leía de chica saltando historias, sin dejar que viera todos los dibujos. ("Cuando llegues a los 15", decía siempre mi abuela, y a mí me parecía que faltaba tanto...). Ya los tengo. Quiero ver ese libro completo. Sobre todo el relato de la vieja Madre de todas las Calamidades que era ¡una tirapedos de aquellas! Para mí que eso lo inventó Abulinda para hacerme reír. ¿Cómo a la princesa Sherezade, que necesitaba idear cuentos cada noche al Rey Shahriar para salvar el pellejo (que si no ese salvaje la mataba...), iba a ocurrírsele zafar con semejante historia de olores hediondos?

El libraco no apareció por ningún lado. Pero revolviendo, encontré en uno de los cajones del escritorio de tía Helen un misario amarillento y pequeño, como un libro de bolsillo, escrito en árabe. Si Helen se enterara de que estuve revisándole todo... ¡me liquida! (... ¡otra que el Rey Shahriar!... Tampoco parecen hermanas Abu Yamile y tía Helen...). ¿Qué culpa tengo yo de que deje sus tesoros así, tan sueltos? Desde que enviudó y se mudó a lo de mi abuela, se la pasa visitando a sus cinco hijos que viven por todo el continente. Uno en Quito, otro en Salta, otro en Bahía, otra en Valparaíso, otra en Ushuaia... ¡Casualmente ahora andará por el fin del mundo durante dos semanas! Es una gorda divertidísima y audaz, aun cuando se enoja. Guarda rarezas de todo tipo... ¡un arsenal de cosas insólitas! No puedo evitar hurgar sus cajones. Me tiento; las manos obedecen a mis ojos en vez de a mi cerebro... Y hoy, apenas se fue de viaje, sentí una voz que me llamaba "Ceci , Ceci ... por acá..." y llegué al misario. (Uy, Helen, no fui yo, sino mis manos... lo juro).

Estaba adentro de una cajita de madera, como de habanos, creo. Viejísimo, con hojas de papel biblia.

Abu me contó que se lo había regalado su propia abuela (llamada Yasmina, ¡qué nombre exótico!). Como insistí a lo nena caprichosa, me tradujo y enseñó a escribir algunas frases. Es bien difícil (lo copio acá como me salga):

السَلامُ عَلَيكُم se pronuncia *as-salamu aláikum* y quiere decir la paz sea con ustedes.

شُكراً, *šúkran*, gracias.

Hojeando aquel misario, Abu recordó a su abuelo Ismael. Había llegado a América con su joven esposa Yasmina y su madre, María, a comienzos del siglo XX, huyendo del conflicto entre palestinos y judíos que llevaban añares de peleas y atentados terroristas. (Realmente, hay que retorcerse la cabeza para entender cómo, más de cien años después, siguen con la misma guerra por tierras en aquellos pagos).

Ya al abuelo de Yasmina, recontra chozno mío (Omar Abu Nasir, según unas anotaciones en la última página del misario), lo habían matado unos fanáticos sionistas, en Damasco,[10] a la salida de la Escuela de Medicina.[11]

¿Qué? ¿Había universidades en esa época? Quedé atónita, pues yo creía que los árabes eran aventureros envueltos en túnicas, trepados en camellos, que vivían en tolderías y cruzaban desiertos el día entero. (Bueno, también sé que son fundamentalistas, eso dicen siempre los noticieros, sobre todo después de la caída de las Torres Gemelas).

Mi abuela casi me deshereda por bruta. "¡*Jmara*!",[12] reprochó entre dientes.

Cuando se repuso, me explicó que ese bisabuelo suyo, Omar, había sido médico y profesor en aquella facultad, una de las más antiguas del mundo... Si su propio abuelo Ismael llegó a Buenos Aires en 1919 siendo profesor de alemán e inglés. O sea que no eran tan... ¿cómo decirlo?... ni tan atrasados, ni tan incivilizados como yo creía. Me recordó que fueron los antiguos pueblos árabes quienes inventaron la escritura. ¡Guau! ¡Qué desinformada estoy! Me dio vergüenza, pero también un poco de sana envidia. Mi abuela se mostraba orgullosa de sus antepasados

---

10 Damasco: una de la ciudades más antiguas de la humanidad; ya se hablaba de ella en el s. XVI a. C. en documentos egipcios. Actual capital de Siria, estado independiente de la República Árabe Unida, situado entre el Líbano, Turquía, Jordania, Irak y el Mar Mediterráneo.

11 Fundada en 1158.

12 *Jmara*: voz árabe, de uso coloquial, para expresar "burra, ignorante".

y yo no sabía nada de los míos. En esa última página del misario aparecían, con letra microscópica, los nombres de muchos otros primos, tíos y familiares.

Creo que sospechó mis pensamientos (no sé cómo lo hace, pero siempre sabe lo que estoy sintiendo). Me enseñó una foto de su abuela Yasmina, remarcando que era morena y hermosa.

Me repitió lo de siempre, que desde que me vio por primera vez se enamoró de mí (es que ella dice esas cosas...), pero lo que más le cautivó fue mi piel castaña y brillante, "como la de los míos", murmuró abrazándome fuerte. (Yo también la adoro. La quiero hasta la luna, de ida y vuelta).

Pero yo desciendo de africanos (¿nunca se acuerda de aquellos estudios genéticos?). Y estoy tan mezclada que ya casi ni mulata parezco.

Arremetió con que el norte de África está poblado por árabes, ¿o no?

Cierto. Pero no tenemos la misma sangre, y ella lo sabe... (No me gusta hablar de eso).

Luego cerró la conversación con su trillado: "Lo que cuenta es el corazón, *bint* bonita" (me encanta cómo suena en su voz ese *bint*[13] bonita). Y agregó que la sangre se repone con una transfusión, pero el cariño no se fabrica, ni se compra. El amor se siente o no se siente. Mi abuela siempre tiene la palabra exacta en el momento justo. Por eso la recontraquiero hasta el infinito.

---

13 *Bint*: pronunciación de بِنت "niña" en árabe.

Mañana mismo hablaré con mamá para saber todo sobre mi historia.

Chau, chaucito, chauchas y palitos.

Ceci

Hoy fue un día patético, Diario querido:

Uno de esos que no debieran figurar en el almanaque de nadie. Más allá del mal clima, un día negro.

Para empezar, fue un verdadero desastre, mejor dicho, una odisea, regresar a casa con esas dos bolsas de regalos, más mi mochila.

Abu me pidió un taxi por teléfono (a esa hora mis viejos trabajaban y yo no soy ninguna nenita dependiente como para no poder arreglármelas sola). El chofer ayudó a cargar mis bultos en el auto y partimos. A mitad de camino, mientras atravesábamos el parque Picasso... plof, plof, plof... el motor falleció (como me dijo una vez Amalia al regresar de la escuela: "Te tengo una pésima noticia... Falleció tu pececito"). Creo que al taxi le estalló la batería. El taxista no paraba de maldecir y de hablar entrecortado por su radio Q-R-H y la que T-P. Dio un portazo, pateó una goma, cerró la tapa del capó provocando tal impacto que salté, del asiento a la calle, por miedo a que siguiera conmigo. En pocos minutos llegó una grúa, enganchó el auto averiado y chau. Sin más ni más, el conductor me dejó, con mi carga, en plena calle.

Solita mi alma. A esa hora de la mañana, a mitad de semana, no pasaban ni los perros. Como si fuese poco, comenzó a lloviznar. Intenté con mi celular llamar a otra central, pero ya se sabe, cae una gota de agua y olvidate de que atiendan una llamada y menos aún de que aparezca un taxi.

Arrastré mi carga unos cien metros, hasta la primera parada de ómnibus que vi. Una de las bolsas se rompió. Los paquetes más pequeños florecieron por el tajo y comenzaron a desparramarse. Casi por milagro pude meter uno dentro de otro y reacomodar el equipaje.

A esas alturas de las circunstancias estaba decidida a llamar a papá. Después de todo, esta era una emergencia y no un pedido de conveniencia. En eso, sonó mi celular.

Era Marianella. Llorando. Su padre la había golpeado y ella, otra vez más, había huido de su casa. Esta película ya la había visto un par de veces, pero mi amiga me necesitaba; ¿qué podía hacer?

No entiendo cómo puede seguir sucediendo. El energúmeno le pega, ella escapa, luego el padre le pide perdón jurando que no volverá a suceder, ella le cree (o quiere creerle). Pasa un tiempo y algún otro episodio desata la misma historia. La madre parece pintada en esa escena (para mí que también recibe golpes). Siempre está para consolar al uno y a la otra, pero el drama no acaba nunca, parece. Yo, que Marianella, hace un montón me hubiese ido de esa casa de locos.

Esta vez se escondió en lo de Sebas, que vive a tres cuadras de la mía (la de mamá). Sus padres son viajantes de fertilizantes y están trabajando en campos del sur, por un mes.

Mientras le explicaba mi lastimosa situación de estar varada en medio del parque Picasso, de repente, paró una camioneta frente a mí. Se bajaron dos tipos enormes, morochos, con cara de matones de películas de mafiosos. Cerré el teléfono y lo escondí. Pensé que eran chorros, que me secuestraban, que me atacarían. Quedé muda. ¿Salía corriendo? ¿Y qué hacía con mis regalos? Me petrifiqué como estatua. Pasaron a mi lado y se dirigieron a la casilla de la central de juegos mecánicos, en el nudo de la plaza donde yo me encontraba inmóvil. De allá regresaron con cuatro enormes paquetes. Me miraban. Se miraron.

Luego de cargar su equipaje en la caja de la camioneta, me preguntaron si necesitaba que me acercaran a algún lugar más poblado, donde pudiera conseguir algún medio de transporte, con mayor seguridad.

¿Qué hacía? ¿Subía al coche con estos tipos o me quedaba ahí el resto del día? Tomé mis bultos y me senté en la cabina, en el asiento trasero. Los cinco minutos que siguieron fueron una agonía sostenida. ¿Me llevarían a su guarida? ¿Me matarían? ¿Por qué acepté subir? ¿Estaba loca? Sí, estaba loca.

Usé mi celular con disimulo para que alguien supiera lo que me sucedía. No acertaba a llamar a nadie. Mi dedo índice marcaba cualquier tecla. En eso pensaba, atolondrada, cuando la camioneta se detuvo. Uno de los grandotes me indicó que hasta ahí me podían acercar; sobre la avenida podría conseguir cómo seguir viaje. Abrió la puerta de mi lado y me ayudó a descargar mis bolsas. Chau, chau. Ni gracias atiné a decir cuando ya habían desaparecido de mi vista. Las piernas me temblaban. El corazón me latía en la garganta.

Al instante sonó mi teléfono. Era papá, preguntando dónde andaba; había llamado a lo de la abuela y ya debería haber llegado a casa. ¡Qué le iba a confesar lo que me acababa de pasar! Me había salvado de esos tipos y me mataba mi viejo. Le dije lo del taxi, nomás, y me pasó a buscar. Como si fuese adivino, me recordó aquella vez que viajamos los dos, ¡solos!, a Salta por la ruta que atraviesa la selva tucumana, pasando por Tafí del Valle y Cafayate. Nos equivocamos en un cruce y terminamos en un camino solitario, oscuro y minado de pozos. En uno de esos cráteres se nos reventó una rueda. Del medio de la nada apareció un auto, paró y bajaron tres fortachones, a lo malevo. Sin muchas explicaciones y rapidísimo, ayudaron a papá a levantar el coche, cambiar la rueda y se fueron tan silenciosamente como llegaron. Como fantasmas buenos. Como ángeles de la guarda. Alucinante.

Papá bromeó con que hubiese sido oportuno que aparecieran otros así cuando el taxi me dejó plantada. Yo, en cambio, pensé en esos hombres que, solo por desconocidos y sus fachas del montón, creí delincuentes y terminaron siendo mis salvadores. Al final es como dice tía Helen: aun cuando no salga en los noticieros, la buena gente aparece en el momento justo, como el sol después de la tormenta.

Papi me depositó en casa y siguió su día. Apenas entré, escondí bajo mi cama los regalos (no era cuestión de que los tocara alguno de los muchos intrusos que transitan por mi hogar Ingalls, incluida mamá), y corrí las tres cuadras hasta llegar a lo de Sebas.

Casualmente el jardinero trasplantaba crisantemos, así que pude entrar por la puerta del patio. En la cocina no encontré a nadie. Seguí por el pasillo que lleva a los dormitorios, persiguiendo el origen de la música que retumbaba agudos de guitarras eléctricas de los *Sarna con gusto*. Hallé la puerta entreabierta del cuarto de Sebas, y contra la ventana, ¿a quiénes vi?... a Marianella y a Sebas... ¿qué hacían?... *sí...* ¡se besaban!

Quedé estaqueada. Boquiabierta. Con mirada desconcertada (y asesina, confieso).

Nadie esperaba (ni valoraba) en ese momento mi presencia, así que retrocedí, con el estómago echo un fuego, por donde había llegado.

¡Increíble! Mi amiga y mi chico. ¡Debiera matarlos! Pero esto no es una telenovela, ni yo la estúpida que nunca se entera. Ya verán esos. Desde el portal de mi casa veré pasar el cadáver de mi enemigo. (Me parece que ese dicho me quedó de los cuentos de Abu... nunca me gustó mucho, pero es lo que viene a mi cabeza ahora... grrrrr...)

Te dije, Diario, que este era un día negro, renegro, negrísimo. Mejor la seguimos en otro momento.

Ceci

Sigo furiosa, querido Diario:

Hace tres días que estoy encerrada. Para ser más precisa, autoacuartelada ("amotinada", diría mamá).

Como las desgracias nunca vienen solas, mis adorables hermanastros andaban rondando. Jimena se hacía la simpática para que le enseñara mis regalos. Nada. No le mostré ni uno. (De Salvador me salvé, valga la redundancia. ¡El cielo se apiadó de mí! y se fue de campamento con su madre). Al que le presté unos discos fue a Javier, no porque me cayera mejor, sino porque necesitaba de sus servicios de espía. Él se hizo amigo de Sebas desde el comienzo de su vida en *mi* casa, con *mis* pertenencias y en *mi* club.

Le pregunté si lo había visto. No, pero que lo llamaría si yo le prestaba mis CD. Así fue el negocio.

La que me escribió como diez mensajes de texto fue Marianella. Falsa. Hipócrita. Perra. Traidora. No le contesté ninguno.

Su madre vino a casa para averiguar si se ocultaba aquí (es que aún no aparecía por la suya). Mi vieja me obligó a recibirla, pero justo cuando estuve a punto de insinuar que se habría quedado en lo de *su* novio Sebastián Camusi, llegó también el animal del padre a buscarlas, y me dio pena (¿lástima?, ¿bronca?...) delatarla. Porque una cosa es que yo quiera matarla y otra que la muela a golpes ese criminal.

Javier comentó que Sebas está borrado de todos lados. En su casa no lo ubicó y en el club tampoco. ¿Se habrán escapado juntos? Por mí que se pudran, que los trague la tierra, y si es posible, que los parta un rayo.

Para lo que vino bien mi enojo fue para que mamá creyese que el motivo de mi malestar era esa charla pendiente acerca de mi nacimiento (papá se lo había anticipado. Para discutir, claro). La tuve parada, espiándome, en la punta de mi cama seis veces en una tarde. Me trajo merienda, gaseosa, una revista. Machacó con que si sabía algo de Marianella lo dijera porque era muy serio no hallarla, que podría estar en graves peligros en la calle (si supiera que más peligro corría en su casa...). Finalmente largó el rollo con que ya estaba al tanto de mi "inquietud" (si me retara por el *piercing* que me puse contra su opinión, hubiese dicho "mambo", pero si hablamos de mi adopción, despliega su manual de psicología materna y dice "inquietud"... ¡es un aparato mi vieja!...). Y de nuevo los reproches: que siempre me han dicho la verdad, a medida que fui preguntando (¡como si por eso tuviese que hacerles un monumento!... ¡Es su obligación decirme la verdad!, no un favor... ¡vamos...!). Papá fue inteligente al proponer que lo habláramos juntos. Sí. Será lo mejor.

Quedamos en almorzar los tres solos, en el centro, el viernes. Veremos. Tuya, tutuya, grrrr...

Ceci

No estaría mal que lo de la cigüeña fuese cierto, querido Diario:

Viernes. Mediodía. Almorzamos papá, mamá y yo. Cambiaron el lugar del encuentro, ¿adónde se les ocurrió?, en el comedor del neuropsiquiátrico donde trabajan. (¿Se puede creer tanta originalidad y dedicación a su *única* hija?). Papá tenía que operar a unos locos (bueno, enfermos mentales. Tiene razón tía Beba cuando me corrige. Pobre gente, no tienen culpa de estar enfermos... y si la tienen ya no se dan cuenta, ¿no?). Papá atiende en ese consultorio solo los viernes, ahora, pero antes iba todos los días. ¡Cómo no iban a tener un matrimonio desquiciado esos dos, si se conocieron en el manicomio! Ja. El clásico romance del doctor y la enfermera, y yo el jamón del sándwich de estos chiflados. ¡Pudieron jugarse con reunirnos en otro lado!, ¿no?

No.

La excusa fue que mamá tuvo que adelantar una guardia y papá tenía esas cirugías programadas, y no quisieron que yo creyera que posponían la conversación. No los entiendo. Juro que no los entiendo. Para decirme que no vaya allá, que venga acá, que ahora no tienen plata, que después no pueden, que no me coloque aros, que sí me ponga aquello... o sea, para romper la paciencia (mía, por supuesto) están siempre listos, pero para explicarme un cambio de planes sobre algo en lo que realmente sí pueden (y deben) opinar, creen que me voy a morir o a hacer un drama... No... si son historia seria los padres en general, pero los míos que encima se la dan de psicoanalizados... ¡son fatales! (¿No sería espectacular poder demandar por distraída a una cigüeña si te deja en brazos de estos padres?).

Creo que mi cara los convenció de cruzarnos al restaurante italiano, frente al hospital, a comer pastas.

Apenas nos sentamos, mamá sacó un álbum de fotos de su bolso. Eran las de mi cumpleaños de 15, las tenía desde hacía unas horas. Salieron muy lindas (me gustan las fotos. Sin darse uno cuenta, un instante se convierte en historia). Papá hacía bromas con mis poses en cada toma. Que parecía un tero, que parecía una monja hippie, una odalisca con ese aro en el ombligo. Mamá lanzó el quejido esperado. En una foto apareció, detrás de todos, en un rincón de la pista de baile, el hombre misterioso que aparecía también en la cámara de tía Beba. Les pregunté si reconocían quién era. No, ellos tampoco lo conocían. ¿Qué hacía ese extraño en mi fiesta mirando a los bailarines con actitud de invitado? Dejé pasar la situación y no comenté nada porque no quería que mis viejos comenzaran a discutir por eso, ni por cualquier otro motivo. Hacía mucho que no estábamos solos, juntos, y disfrutaba ese nuevo modo de encontrarnos en torno a los temas que nos unían, más allá de las diferencias.

Aproveché el momento y les pregunté, de una, a tiro, dónde había nacido. Por el ventanal veía el frente del hospital neuropsiquiátrico y empezó a retorcérseme el estómago. ¿Estaría lista para oír que nací de una de esas enfermas mentales que atendían mis padres?

Mamá arrancó relatando que un amigo de ellos, de la infancia, era por esos años Director del Hospital Regional de Los Pozos. Sabiendo que buscaban un hijo, un día los llamó para comunicarles sobre una niñita internada bajo su cuidado, en custodia del Juzgado de Menores.

Mis viejos se habían anotado en varias listas de otros juzgados que nunca tenían la cantidad suficiente de niños en condiciones de ser adoptados, frente a tantos padres solicitantes.

También se habían registrado en Los Pozos y les sorprendió que los llamasen tan pronto. Creyeron que pretendían entrevistarlos y hacerles llenar más y más papeles. Pero esa misma tarde, para su sorpresa, les propusieron ir al hospital a ver una niña que se hallaba internada desde hacía cinco meses.

"Apenas te vimos supimos que eras nuestra hija y Dios quiso que ese mismo día te trajéramos a casa", interrumpió mamá. Los ojos le brillaban más que nunca.

El estómago dejó de estrangularme la cintura. Un calor volcánico me subió hasta los ojos. Papá me tomó las manos. No levanté la vista. Me parecía que todos en el restaurante nos miraban.

Atiné a sacar una libreta y una lapicera de mi bolso, para anotar lo que acababan de revelarme.

En ese momento mamá me mostró una carpeta. Eran las fotocopias del expediente del juicio de mi adopción. Dijeron que era mía y que ellos la tenían lista desde el primer día, para cuando yo quisiera conocer cómo fue que nos hicimos familia.

Mi vieja es una desubicada, muchas veces, pero hay que reconocerle que cuando se lo propone es una madraza. Y una mujer maravillosa. Su único problema es quererme demasiado (y a veces me asfixia). La abracé sin importarme nada y le di las gracias. Ella me acarició la mejilla como cuando era chiquita y una lágrima se me escapó por el cráter derecho.

Papi se acercó y susurró a mi oído que siempre seré su bombón de chocolate, aun cuando me enamore de algún cretino y me vaya de su lado (siempre me hace la misma broma... no quiero pensar ¡cómo será el día que tenga de verdad un novio!).

Son las tres de la madrugada. Acabo de guardar el expediente en mi cajón. Lo terminaré de leer completo apenas me reponga de tantas sensaciones.

¡Qué bueno es tenerte de amigo imaginario! Casi tanto como lo fue René, en mi infancia.

Tuya... con o sin cigüeñas...

Ceci

Muchas novedades, querido Diario:

Aunque te parezca una chiquilinada, o un cuento, soñé toda la noche con René. Fue maravilloso volver a verlo, aunque me hiciera tiritar de angustia su juego, que más allá de un sueño pareció pura y sudada realidad. René y yo saltábamos y rodábamos por una pradera enorme, repleta de tréboles y florecitas lilas, rojas y amarillas. El límite era el murallón celeste del cielo que caía como un precipicio al borde de un acantilado. Yo correteaba tras mi amigo, hacía vueltas en el aire como una superniña, me reía, feliz, pero de repente, René, desprevenido y audaz como es, se asomaba al filo del barranco y yo le gritaba desaforada: ¡Cuidado! ¡Cuidado! ¡No te caigas! Trataba de ir más de prisa, para atajarlo, pero mis pies se empantanaban, pesados como baldes repletos de piedras, y resbalaban una y otra vez en un mismo sitio mientras las flores, ahora dentadas, atacaban y anudaban mis tobillos como si fuesen los cordones de mis zapatillas. Me desesperaba. Quería alcanzarlo y no podía. ¡René! ¡Cuidado! ¡No te caigas! La garganta se me cerraba y los gritos se estancaban en mi pecho. Una catarata de lágrimas me dejaba sin aliento.

Me ahogaba hasta despertarme a medias, volvía a dormirme profundo y empezaba el mismo sueño, como un disco rayado, una y otra vez la idéntica canción desesperada. Debe ser que grité mucho, porque vinieron mamá y Rubén a ver qué me pasaba.

Cuando desperté, muy temprano en la mañana, mamá dormía en un sillón junto a mi cama. ¡Es tan exagerada! La tapé con una manta y la dejé descansar un rato más. Imagino que creyó que tenía pesadillas por la lectura del expediente de mi adopción. ¡Exagerada y, además, metida en mis asuntos privados! Pero bueno, es la madre que el destino me puso en el camino. Mejor que crea eso porque si le cuento que soñé con René, se va poner loca y me va a mandar de nuevo a la psicóloga, como cuando era chica. (A todo esto, creo que mamá nunca se enteró de que mi psicóloga estaba encantada con mi amigo imaginario, nos la pasábamos jugando los tres en su consultorio).

Aproveché que a esa hora no había nadie levantado en la casa, y me senté en la cocina a seguir leyendo.

Ángeles. Antes me llamaba Ángeles... no es feo, me lo podrían haber dejado de segundo nombre, ¿no? Cecilia Ángeles Zucarías. Mi apellido era Poveda. No, el apellido no me gusta, mejor el que tengo ahora. Cuando lo nombro, me parece como si Ángeles Poveda fuese otra persona. Ni me puedo imaginar a mí misma llamándome así. La mujer que me parió (porque esa no fue nunca mi madre) se llamaba Teresa Poveda (¿se llamaba o se llamará aún?). "Padre desconocido", dice el expediente. Por lo que leí, esa mujer debe haberme abandonado en la calle o en algún lugar, porque un patrullero policial me llevó a la semana de nacida al hospital. "La menor fue retirada de la vía pública en evidente estado de descuido". No alcanzo a entender bien (y eso que leí ese párrafo como cien veces), porque parece que a ella la tenían ¿fichada? (¿qué querrán decir con eso de "fichada"?... mmm... esto es bien confuso...), por eso supieron su nombre (¿pero después desapareció?). Yo quedé (y parece que otro niño también...) y nunca vino a buscarme. Es muy complicado todo este lenguaje leguleyo que usan en el expediente.

Capaz que Ángeles me pusieron las enfermeras que me cuidaron esos cinco meses que estuve en el hospital. Sí, me hubiera gustado llamarme Ángeles, aunque Cecilia es más lindo.

La mujer ya tenía otros tres hijos, dados en adopción, también. Se ve que era su costumbre. La verdad es que mejor eso que andar maltratando chicos, claro. Y además, más seguro para mí, que mi vieja será una pesada (a veces) y una protestona (casi siempre) pero nunca me abandonó.

Es muy conmovedor saber que tengo hermanos. Parece que lo mío en los últimos tiempos es reclutar hermanos por todas partes. Tal vez hasta tengo más que los que figuran en este expediente, porque esa mujer pudo haber seguido pariendo, como una gata. Dos varones y una mujer nacieron antes que yo. ¿Qué será de ellos?

Tal vez en ese mismo juzgado puedan darme información. ¿Quiero realmente saberlo? No sé. Estoy conmovida por la noticia, pero también me asusta. Al fin y al cabo, son todos unos desconocidos totales.

Lo mismo está bueno saber mis orígenes. No sé qué haré con esto, pero me alegró que mis padres hayan estado dispuestos a decirme la verdad. Estoy orgullosa de ellos y feliz de habernos elegido mutuamente para ser padres e hija, más allá de que sigo opinando que casi todo el tiempo están recontralocos.

(¡Qué rabia me da no poder compartir todo esto con Marianella; era mi mejor amiga! ¡Qué perra mentirosa resultó ser! Si ella me hubiese dicho que le gustaba Sebas, yo lo hubiera comprendido... ¡Ojo!, no digo que estaría encantada, pero qué otra me quedaba si él, evidentemente, también se enamoró de ella).

Ahora, mi mejor amigo es *mi* diario (voy a tener que volver a la psicóloga, nomás). Ángelo. ¡Qué buena idea!... ¡Eso!, te llamaré Ángelo, porque tía Beba dice que las cosas sin nombre no son de nadie (no vaya a ser cierto...). Por eso a René lo llamé René, porque era *mi* amigo y de nadie más. Así que, a partir de este momento querido Diario, te bautizo Ángelo, mío y solo mío.

Chau, Ángelo, me voy al entrenamiento de vóley.

Ceci

Mi vida es un culebrón, querido Ángelo:

No podrás imaginar quién vino ayer al entrenamiento. Te doy tres segundos. ¿Silencio rotundo? ¡Alpiste... Perdiste!

¡Sí! Mi *ex* amiga Marianella. Con cara de yo no fui y su uniforme de vóleibol impecable... ¿No te digo que es más de lo mismo? No importa lo que pase, ella siempre vuelve al punto donde el bruto del padre volverá a golpearla. Seguro regresó a su casa como que allí no pasó nada. Por mí que la reviente, ya.

No le dirigí la palabra, por supuesto. Las demás chicas del equipo nos miraron intrigadas. Hasta la entrenadora quiso saber si pasaba algo. "¿Pooooor?", pregunté cortando por lo sano cualquier intento de meterse en mis asuntos.

Marianella jugó ¡de terror!; tan desconcentrada jugaba que terminó en el banco de suplentes. Yo, en cambio, brillé. Me lucí sirviendo mejor que nunca los saques de esquina.

Luego del partido, temí que se me acercara en las duchas, y como no quería un escándalo que diera que hablar por una semana al club, me fui sin bañar. Pero no tuve escapatoria, a la salida ¿a quién encuentro? Pues claro, al infeliz de Sebas, apoyado en el borde del portón.

"Ceci, Ceci, tenemos que hablar", decía mientras me perseguía por la vereda. Cuando llegué a la esquina giré y lo encaré como se merecía: "¿Qué?... ¡No te escucho, sos poca cosa hasta para hablar!...".

Intentó argumentar que por el jardinero supieron que yo había estado en su casa. Lo paré en seco. Le dije que no tenía tiempo para deducciones que no le importaban ya a nadie. Seguí caminando, rapidísimo. Él por detrás. Otros pasos se acercaron corriendo. Marianella se sumaba a mi persecución. Al instante se plantó delante de mí tratando de impedir que avanzara.

Pretendía que la oyera, "sí o sí", tuvo el tupé de gritarme. Yo temblaba ciega de bronca. Traté de esquivarla, pero ella se interponía. No sé en qué momento (ni cómo se me ocurrió hacerlo) le pegué un tremendo cachetazo y quedó inmóvil, tomándose la cara. Escapé como una fugitiva y ya no me siguieron.

Lo cierto es que más allá de la tormenta de rabia y vergüenza que me brotaba por los poros, sigo espantada con mi reacción ¿Por qué la golpeé? Es horrible. Yo nunca hice algo así y jamás hubiera creído que era capaz de hacerlo. ¿Seré una violenta encubierta?

Estoy más furiosa que antes. No solo me traicionó, sino que ahora me convertí en una fiera, yo también. La odio. La odio. La odio.

No puedo parar de llorar. Mamá sigue creyendo que es por el tema de mi adopción y a cada rato propone conversar, insinuando que tiene más datos para revelar y mostrarme.

Pero ahora, no. Ahora solo quiero calmarme, si lo logro.

A tía Beba sí le conté todo, cuando vino a visitarme. Trató de disimular, pero me parece que está horrorizada con lo que hice. A mí jamás, nunca, nadie me puso una mano encima. En mi casa te podrán insultar sin malas palabras, pelearse a tus espaldas, gritar estupideces, sermonearte hasta el hartazgo, pero ¿golpear?, no, no… ni de casualidad.

Capaz que lo heredé de mis antepasados biológicos. Tal vez fueron asesinos seriales. O bandidos. O violentos de por sí. Qué sé yo. ¿Lo traeré en la sangre? ¿Qué voy a hacer con esto? Tendré que buscar un psiquiatra para que me medique. Un médico que corrija mi genética.

Me quiero morir, Ángelo. Hasta pronto.

Ceci

Sigo muy deprimida, querido Ángelo:

Papá vino a buscarme. Debía pasar los dos días siguientes en su casa. Me daba lo mismo.

No quise cenar (tenía el hígado en la mano. Me acababa de bajar una bolsa de papas fritas de medio kilo y seis bombones con dulce de leche. Los nervios no me juegan a favor cuando estoy triste. ¡A mí la angustia no me dará nunca por la anorexia!). Encima Adela había preparado guiso de habas con arroz integral y sopa... Dios, ¡esa mujer no tiene límites!

Papá se recostó al lado mío. Dijo que nada podía ser tan grave, que estaba conmigo, para oírme, para ayudarme, para consolarme, o tan solo para que yo supiese que contaba con él.

Sin muchos pormenores, le confesé mi preocupación. Fui una estúpida. Largó una carcajada que rebotó en mi tímpano y casi me tira de la cama. Le dije que se fuera inmediatamente de *mi* cuarto. Él se arrodilló en el piso y me suplicó que lo perdonara, que no se reiría más, que se le mezcló su amor de padre con su rol de médico; por eso le dio mucha gracia que yo hablara sobre mi posible genética asesina.

Como era de esperar, la desubicada de Adela abrió la puerta en el momento justo, con tal ímpetu que casi le parte la espalda a mi viejo que seguía arrodillado a unos metros de la abertura. Quedó tendido en el suelo, boca abajo, sacudiéndose, con los brazos en cruz. Adela gritó espantada. Yo me tenté de risa, pero no perdí la oportunidad para preguntarle si no le habían enseñado a golpear la puerta antes de entrar. Se dio cuenta de que sobraba en la escena y se fue rugiendo que estábamos más locos de lo que ella creía.

Papá me juró que no podía ser genético ese arranque de ira que me llevó a embocarle un cachetazo a Marianella. Que cuando uno se enfurece es capaz de reacciones muy inesperadas, pero que no necesitábamos ningún estudio de ADN para asegurarme de que yo era la chica más normal del mundo. Por supuesto, le extrañó que me hubiera ido de manos con mi mejor amiga y quiso saber los detalles de la pelea.

Ni muerta desembuchaba lo de la traición, así que argumenté sobre su padre golpeador e inventé que me quería convencer de cubrirla con una mentira a su familia, para escaparse de nuevo de su casa. Creo que no me creyó nada, porque preguntó si Sebas había tenido algo que ver en esa pelea (¿ah?... ¿adivinó o qué?...), pero ante mi cara de "no sé de qué estás hablando", dejó de husmear. Suficiente. Silencio de cementerio. Se fue.

Adela me acercó un plato de sopa; era de crema de espárragos, ¡qué alivio! Calentita y sabrosa. (No, si cuando se lo propone, esa mujer puede ser útil a la humanidad).

Papá regresó al rato, con una caja de zapatos, forrada con un papel plastificado de motivos infantiles. Se la veía vieja, muy vieja. La apoyó sobre mi cama y me hizo una mueca con las cejas, para que la abriera. Adentro encontré mi chupete colorado con apenas un borde de goma rotosa. Lo reconocí al instante. Una sonrisa me arqueó la cara. Había también una camiseta de bebé, unos escarpines amarillos y un conjunto de algodón pequeño, rosa, con un nombre bordado a mano que decía Ángeles.

Lo miré esperando una explicación, pero la voz se me ahogó en la garganta. Papá aclaró que esa cajita, con aquella ropa, vino conmigo del hospital de Los Pozos cuando me entregaron en adopción. Agregó que las dos enfermeras que me cuidaban prepararon ese modesto ajuar. Mamá había comprado tanta ropa para mí que, salvo el chupete, jamás volví a usar nada de aquello, pero él había atesorado esas reliquias hasta ese día, para entregármelas.

Pregunté ¿cómo podía averiguar quién era yo?, ¿de dónde venía? Ya había leído todo el expediente pero recién en ese momento estuve segura de querer conocer más.

Me tranquilizó saber que podíamos volver al juzgado donde se radicó el juicio de adopción. El mismo número del expediente orientaría la búsqueda de más datos. Él recordaba que el juez los había obligado a firmar un acuerdo por el cual se comprometían a decirme que era adoptada, cuando tuviese voluntad y edad de entender, y que yo podría investigar lo que quisiera en ese mismo lugar.

Me recosté sobre sus piernas. Él apoyó su espalda en la pared y jugueteó un largo rato con mi pelo, haciendo tintinear sus dedos sobre mi cabeza, como lo hacía cuando yo era pequeña y le pedía "hormiguitas en el casco", hasta quedar dormida. Luego me cubrió con una manta y alcancé a oír su tradicional "Que sueñes bonito, mi bombón de chocolate".

Papá es lo más grande que hay. Siempre fue un aliado incondicional. Era el único que no se asustaba cuando yo, hasta los nueve años, prefería estar con René antes que con mis amigas. Aunque él juraba ver a mi amigo imaginario, tanto como yo, un día jugando a las escondidas, se metió en el placard de la cocina y se paró justo justísimo encima de René. Lo aplastó todito. Casi lo mata de un pisotón. Tuvimos que llevarlo al hospital. Mamá decía que estábamos locos de remate, pero por suerte en la sala de emergencia, papá le hizo respiración boca a boca y cuando estuvo a punto de aplicarle unos electrodos cardíacos, René reaccionó y yo los abracé emocionada y agradecida. ¡Es de lo mejor mi viejo! Lo único que no entenderé nunca es cómo terminó enamorándose de Adela.

Chau, mi querido Ángelo. (Voy a esconder muy bien este diario, porque si alguien lo lee antes de que yo me muera, estoy frita).

Ceci

PD: Mandé un *e-mail* al Juzgado de Los Pozos pidiendo un turno para que atiendan mi solicitud de búsqueda de los antecedentes de mi expediente de adopción. Veremos cuánto tiempo se toman en responder, si es que responden.

Y se acabaron mis vacaciones, nomás, Ángelo:

Empezaron de nuevo las clases. Rendí bien Biología. Un siete me pusieron. Nada mal (mucho, para lo que estudié. Yo con un seis quedaba satisfecha). Esta primera semana es solo para los que damos exámenes, así que, como no debo ninguna otra materia, estoy libre hasta el lunes próximo. Amalia preparó milanesas con papas fritas, para festejarme (nadie las hace mejor).

También rendía mi patética hermanastra Jimena. Cero. Huevo. Bochazo... ¡A la lona!, le quedó previa Idioma nacional. Javier rinde mañana, y pasado mañana, y el siguiente y todos los demás días... ¡ocho materias le quedaron! Son unos burros. Todos los años se llevan hasta el recreo. ¡Pobre el padre! Rubén es bueno, pero esos chicos... unos monstruos. Los tres. Sucios. Vagos. Despelotados. Al lado de ellos parezco Lady Di (y eso que, más allá de la opinión de mi vieja, reconozco que estoy lejos de ser un dechado de virtudes).

Mamá se la pasó todo el almuerzo consolando a Rubén. En un momento la oí argumentar que, si vivieran con nosotros, ella los pondría en vereda a esos chicos malcriados. (¡Dios nos libre y nos guarde! Si eso ocurre me voy a vivir con abuela Yamile, ¡definitivamente!) Hasta Amalia que tiene paciencia de santa, se persignó tres veces.

Parece que la madre de los pibes es medio rara (no sé. Yo solo la vi de lejos una vez y me pareció una mujer muy atractiva y desinhibida). No le importa que sus hijos estudien demasiado, total "para lo que enseña esta escuela globalizada... A consumir, justificar genocidios y reproducir el modelo imperialista", afirmó Jimena de un tirón en la sobremesa (nadie pudo creer que eso saliera de su cerebro). Y cuando Rubén me puso de ejemplo de buena alumna, ¡ajá!... armó un despelote de aquellos. Se mandó un discurso repetido como de memoria, largo y lleno de nombres raros... Que ¿quién hablaba de los 30 millones de incas asesinados durante la invasión española a América...? Ma... qué conquista y descubrimiento... ¡ge-no-ci-dio! (silabeaba a los gritos el ente recién resucitado). Y metió en la misma bolsa de insultos a los turcos, a los yankies en Irak, la Franja de Gaza y qué sé yo qué más... Solo le faltó quemar un par de gomas en el patio y montar un corte de rutas. Jimena, que parecía siempre un ánima situada más allá del bien y del mal, de pronto parecía saber tanto de historia y política que con mamá quedamos boquiabiertas, y hasta Rubén tuvo que darle la razón un par de veces. (Creo que lo que más le reventó fue que su propio padre me pusiera a mí de niña modelo... ja...).

¿Ves?... no importa cómo se dé la conversación, la pelea, o el festejo, yo siempre termino siendo el jamón del sándwich; para lo bueno y para lo malo.

La que no apareció por la escuela a dar su examen de Matemáticas fue Marianella. Rendía en la sala de al lado; por eso alcancé a oír cuando la llamaron y luego de un minuto escuchamos "ausente". Los que esperábamos nuestro turno estábamos en el patio interno de la escuela, todos juntos, como vacas para el matadero. Me llamó la atención, porque no les había dicho a sus viejos que se había llevado a rendir Matemáticas (si se enteraba el padre la mataba). La pobre estudió de incógnito durante las vacaciones...

¡Estoy indignada! (e intrigada) porque Sebas se atrevió a venir a buscarme a casa. Por supuesto que le mandé a decir que me había ido a Singapur a cazar ballenas. Amalia se rio con mi mensaje, y bromeó que con gusto me espantaba los moros de la costa (debe haber sido una broma... digo... porque le dio risa... ¿qué habrá querido decir con eso?... No importa, con tal de que Sebas se fuese...). Mamá no intervino. Sabe bien cómo soy. Cuando yo digo basta, es basta. Si bajo las cortinas, se acabó. Ping pong, fuera.

A lo hecho, pecho. Trato hecho nunca deshecho.

Me voy al cine con tía Beba (mi premio por aprobar Biología). Beso.

Ceci

¿Un poco de poesía para esta vida gris?, Ángelo querido:

¡Qué maravilla este poema! Lo leí en ese libro de tapas raras que me regalaron para mi cumple. Se llama "El silencio". ¡Guau! ¡Es genial! Lo copio.

El silencio es la violencia. Pero más violencia
es mezclar las palabras
confundirlas
trastocarlas

para que el silencio se vuelva error
y creamos que la paloma se transformará en dragón
y que aquel que se alimentó con nuestra sangre es el cordero.

Y el nombre de la poeta, ¡qué fascinante!: Glauce Baldovin.[14] "Más violencia es mezclar las palabras", ¡es tan cierto eso! Cuando te enredan con dimes y diretes es como no saber qué está pasando. O cuando solo te dan una versión de la realidad. O cuando te bombardean de información en un único sentido, uno termina más desinformado que cuando no sabía nada. Tal vez por eso yo creía que los árabes eran solo beduinos terroristas.

Hablando de árabes, Abu me trajo el libro de *Las mil y una noches* que yo quería. Leyéndolo me doy cuenta de que, además de saltear hojas, ella me lo iba adaptando a un lenguaje más... mmm... cómo decirlo... más despintado (sin sexo ni violencia). Digamos que "trastocaba" las palabras. ¡Ay... cómo son los mayores, pasan por un filtro todo cuando uno es ingenuo! Hasta los cuentos. (Y Jimena pretende que la historia se salve...).

Sin ir tan lejos, la tele hace lo mismo. Solo te muestra lo que quiere y, mientras los cuentos para chicos que te dan a leer son más buenos que la leche, las series de TV chorrean sangre y erotismo. ¡No es jus-

14 Glauce Baldovin, *Libro del amor,* Córdoba, Editorial Argos, 1993.

to! Por un lado te pintan de paloma a los dragones y por el otro te confunden las palabras.

¡Qué alivio tenerte en este diario, Ángelo! Porque acá las palabras son todas nuestras. Nos pertenecen para siempre. Te quiero.

Ceci

¡Es terrible lo que está pasando!, querido Diario:

Marianella está internada, con tres costillas rotas (una le perforó un pulmón) y está inconsciente, en terapia intensiva. Nos enteramos por el noticiero. Mamá lo escuchó en la radio y vino disparada a contármelo. No nos entraba en la cabeza semejante locura. Yo me sentí más miserable que antes por haberle dado ese cachetazo, aunque se lo tuvo bien merecido.

Por fin confesé a mi vieja que, muchas veces, le había visto moretones en la espalda, en las piernas y hasta en el vientre. El padre la golpeaba. Desde chica la molía a palos. Me reprochó que no se lo hubiese dicho antes; podríamos haberla ayudado. Más desgraciada me sentí.

Fuimos hasta el hospital. Llamé a papá y se acercó a hablar con los médicos que la atendían. La estúpida de la madre no paraba de llorar. Lágrimas de cocodrilo. Pudo haber hecho algo antes de esto, ¿no? Creo que le preocupaba más que todos se hubiesen enterado que el hecho de que su hija estuviera medio muerta. No paraba de llorisquear, repitiendo qué iban a hacer, "¡qué papelón, salió por todos lados que mi marido está preso!"... "¡cómo no les confesó que debía rendir Matemáticas!", por eso el padre se puso furioso cuando se enteró...

No... ¡Lo que faltaba!, ¡que Marianella tuviese la culpa de que el bestia la reventara a golpes! Yo no podía digerir lo que oía. Papá se dio cuenta de que casi insulto a esa madre cabeza hueca, así que me arrastró hasta el bar.

¡Bingo! Estaba Sebas. Mamá (con su típico sentido de la inoportunidad) se acercó a saludarlo y lo invitó a sentarse con nosotros. Él me miró de reojo. Le hice un gesto de saludo, como al pasar.

Por ventura (o desventura) en ese momento entraron al bar las chicas del club. Me fui con ellas. Lola lloraba como loca y casi todas la consolaban. Regina, su mejor amiga, me puso al tanto de que la madre de

Lola también era una golpeadora, por eso los padres se habían separado y un juez prohibió que esa mujer se acercara a sus hijos. ¡Guau! Cuántas noticias para un solo día. "¡Cómo no denunció lo que le pasaba, pobre Marianella!", suspiraba Lola. Otra vez me sentí una miserable. ¡Por qué acepté guardarle ese macabro secreto a mi amiga del alma! (bueno, antes Marianella era mi amiga del alma... y ahora así...). ¡Nunca imaginé que podía llegar a ocurrir esto!

De pronto, Regina disparó la frase matadora: "Ah... allá está Sebas". Todas me clavaron los ojos encima. "¡Qué buena es Ceci... Estar acompañándola, después de que le quitó el novio!". Es una víbora esa Regina... pero así me enteré de que mi secreto era *vox populi*.

Le contesté rabiosa: *primero*, que Marianella estaba muy grave y me parecía una idiotez que sacara a relucir esa historia. *Segundo*, que en las Islas Malvinas no la habían escuchado bien... y que, si por las dudas no se había dado cuenta, le recordaba que estábamos en un hospital; tal vez, haciendo un esfuerzo neuronal, pudiese enviar una orden a su bocota para bajar el volumen. La avergoncé como pude. Algo es algo.

No sé si me dio más bronca sentirme expuesta, o la traición de mi amiga y mi chico (novios no éramos aún, al fin y al cabo), o haberme ido de manos con Marianella que ahora se encontraba en ese estado terrible.

Cuando ellas se fueron a la sala de espera de la terapia intensiva, no tuve más remedio que regresar a la mesa con mis viejos. Sebas seguía sentado.

Papá me tomó una mano y aseguró que yo no era responsable de lo que estaba pasando. Sebas agregó que Marianella me había extrañado mucho este último tiempo y que si alguien era culpable de algo, ese era él.

Solo dije "Sí" y me levanté. Mi viejo se fue y mamá me acercó a lo de tía Beba. Había prometido acompañarla mientras el abuelo Alberto iba de pesca con unos amigos.

No sé qué hacer. No puedo parar de llorar. ¡Lo juro!, yo no quería que pasara esto. Marianella fue siempre mi amiga, a pesar de todo.

Abrazo tristón.

Ceci

Sigo buscando, querido Ángelo:

Después de pasar una noche inconsciente, Marianella reaccionó. Dicen que ya está fuera de peligro y que se repondrá. (Es fuerte, muy fuerte). Yo creo que se podrá curar de los golpes en el cuerpo, pero de los del alma… lo dudo. El padre, como (¡*no*!) era de suponer, ya está libre. Parece que la madre retiró la denuncia, y la que hizo Sebas no cuenta porque es menor de edad. ¡Ese tipo no puede estar suelto, como si nada! Y la esposa, si la conozco, descerebrada e inútil como es, lo va a terminar perdonando con cualquier excusa (esa con tal de no salir a trabajar, es capaz de dejar que maten a los hijos...).

Al fin y al cabo, casi es mejor que te abandonen de recién nacida como a mí y no a tu suerte en una sala de hospital con las costillas rotas... Yo finalmente tuve una buena opción (y sí... son una buena opción mis viejos), pero ¿la tuvo Marianella? ¿Habrán tenido oportunidades de sobrevivir, o al menos de zafar, esos hermanos que figuran en mi expediente? Es como una lotería la vida, puede tocarte el premio mayor, uno consuelo o ser cartón con destino directo al tacho de basura. Puf...

Volviendo al tema de mi búsqueda de parientes biológicos... leí en mi expediente que puedo rastrear "congéneres" (cuántas palabras raras para definir a quienes, sin ser tu familia, pudieron serlo por sangre).

Tía Beba propuso imprimir esa foto donde aparecía el sospechoso personaje infiltrado en mi fiesta. De paso bajé todas las fotos de su cámara digital a la computadora (tenía casi agotada la memoria, y ni cuenta se había dado...). Se las ordené por temas en distintas carpetas, con fechas y nombres. Ya le expliqué doscientas veces cómo hacerlo, pero tía es algo así como una discapacitada tecnológica... (Qué le vamos a hacer, ¡nadie es perfecto! Es un karma para nuestra generación digital el tener que cargar con la de nuestros viejos que nunca saben qué tecla del control remoto apretar).

Una vez que bajé la foto, hice *zoom* sobre la cara del tipo en cuestión. Se pixeló un poco, pero pude focalizar mejor ese rostro. ¡Hiperdesconocido! Tía Beba sospecha, como yo, que debió ser el autor de la tarjeta anónima. Ella cree que ese tipo puede ser un enamorado incógnito que desde las sombras vigila mis pasos. ¿Un enfermo obsesivo? (diría mi vieja con su lenguaje de hospital neuropsiquiátrico). ¿Cómo entró a mi fiesta? ¿Desde cuándo me persigue?... Y lo peor: ¿cómo consiguió una medallita igual a la mía? Entré en pánico.

Ni pensar... un enamorado ¿con esa facha?, qué bajón... ¡Mi amiga me traiciona, mi chico me planta y ahora este don nadie siguiendo mis pasos! No, no puede ser cierto.

Tía Beba averiguó por teléfono la dirección de la empresa que prestó el servicio de mi fiesta, y para allá fuimos. La organizadora de eventos negó conocer a ese hombre, no era empleado suyo. (Además de la foto llevé mi lupa de lectura). Ahora éramos tía y yo con pánico.

Así como ingresó ese desconocido que no hizo más que posar en una foto y casi con seguridad redactar esa tarjeta, pudo haber entrado un asesino serial o un ratero o una banda armada... o el payaso Plin-Plin (de civil, claro)... ¡mi Dios! ¡Qué locura! Si mamá se entera se infarta.

Con la excusa de ver tele, decidimos dormir juntas, en la cama grande de abuelo Alberto. ¿Pasamos del pánico a la paranoia? (heredé de mamá casi todo su idioma, pero ni loca sigo estudiando algo cercano a la medicina o la psicología). Por lo general, la respuesta siempre es más fácil de lo que suena la pregunta: Dos grandotas pavas con un miedo atroz, eso somos. "¡Es lo que hay!" (como dice tía Helen cuando me enojo con mis viejos). En las buenas y en las malas, para eso está la familia.

Que sueñes con un cielo plateado, Ángelo mío. ¡Hasta mañana!

Ceci

Todos estamos colados en la vida, querido Ángelo:

Olvidé la dichosa foto del hombre misterioso en la habitación de tía Beba; por eso volví a su casa después del colegio.

El abuelo Alberto ya había regresado de su excursión y descamaba pejerreyes en el lavadero. El olor a pescado se podía sentir desde la esquina. ¡Ciento doce pescaron!, así que él se trajo como cuarenta. Dice que sus amigos y tío Pancho se quedaron con algunos menos porque no les gustaba limpiarlos.

Con su impermeable amarillo y un delantal de hule encima, le faltaban las botas y hubiese parecido marinero en alta mar (el charco de agua ya ondulaba agitado sobre el piso... Tía quería matarlo). Mi abuelo es un loco lindo (¡y de atar!). ¡Digno padre de mi vieja!

Acepté su invitación a ayudar, aunque el olor... puf... Estuvimos preparando escabeche toda la tarde mientras nos narraba los pormenores de sus proezas con la caña de pescar. ¡Hasta el infinito puede hablar mi abuelo Alberto sobre el sencillo revoleo de un anzuelo echado al agua! Desde explicar con lujo de detalles los movimientos de las articulaciones, hasta sermonear con que es mejor enseñar a pescar a quienes tienen hambre que regalarles pescado... ¡Es un charlatán profesional!, tiene razón mi papá. (¡Sabe de todo un poco!... y eso que el abuelo solo hizo la primaria, pero se la pasó leyendo 40 años mientras fue sereno en el Ferrocarril Belgrano). Yo no conocí a mi abuela, pero tía y mamá dicen que, desde que enviudó, el abuelo se metió para adentro y no dejó ni un solo día de extrañarla y de inventar aventuras e historias para contarle cuando se reencuentren (eso dice él).

A veces me parece que el abuelo vive en un termo; en su mundo entran nada más que un par de temas, y solo aquellos que lo hacen feliz. Él no ve tele, no lee diarios, no va a hipermercados ni a *shoppings*, ni escucha noticias en la radio, nada que te quite el sueño; dice que lo único que tiene es tiempo para vivir y que no piensa dejar que le roben su vida los que únicamente venden pesadillas y artefactos que no necesita.

Volví a su casa por lo que había olvidado, pero también para verlo. Yo también soy (un poco) sapo de otro pozo, como el abuelo. Por eso me gusta escucharlo, porque a veces logra arrastrarme como por un tubo a su universo paralelo donde todo parece sencillo y razonable.

Terminada la tarea, busqué la foto del extraño. No la hallé donde recordaba haberla dejado. Tía Beba no había vuelto a verla. Revisamos por todos lados. Nada. Temiendo que el abuelo la hubiese tirado como un papel inútil, le pregunté si sabía algo sobre lo que buscábamos. Para sorpresa nuestra, movió la cabeza afirmando. Y al toque se despachó con que le había sorprendido la presencia de ese sujeto en mi fiesta y, ni qué hablar, encontrar ahora en su casa la foto ampliada de la cara de ese hombre.

"¿Qué?", gritamos a coro. *Sí*. El abuelo estuvo hablando con nuestro sospechoso. (No, si a veces sale del termo). Trató de indagar quién era, porque le extrañó que estuviera festejando como un invitado pero nadie le prestara ni cinco de atención. No conversaba ni bailó con nadie. Solo comía, bebía y miraba cada movimiento mío. Sondeándolo, averiguó que se llamaba Gabriel, un pariente lejano. ¿Por parte de quién?, increpó el abuelo, y el extraño le señaló a Adela. Entonces el abuelo pensó que tal vez este Gabriel fuera familiar de la nueva esposa de su exyerno (¡mi familia da para todo!). Después desapareció y no lo vio más.

Con tía Beba supusimos que ese tipo me vio bailando el vals de los 15 con papá, luego lo relacionó con Adela y la señaló como para no errarle a un parentesco.

Compartimos con el abuelo el secreto de la tarjeta anónima, para que nos ayudase a seguir tejiendo pistas a nuestra pesquisa. Lejos de asustarse, nos tranquilizó saber que él, cuando era joven, se infiltraba en cuanta fiesta podía. Llegó a perfeccionar todo tipo de situaciones, señuelos y atajos que justificaran su presencia sin estar en las listas de invitados. Una vez hasta ayudó a huir a un novio arrepentido y muy borracho, que el mismísimo día de su boda abandonó a la flamante esposa. Nos tentamos de risa con sus historias. Narró como dieciocho, al hilo.

Para mi abuelo el extraño y la tarjeta no tienen por qué estar vinculados. "¡Ese vago es un careta y nada más!", sentenció. (Traduzco: "careta" le llamaban en su época a quienes lograban infiltrarse y disfrutar de fiesta ajena. Ya ves que tengo razón: ¡mi familia da para todo!).

Con un frasco de escabeche de pejerrey, una sonrisa pintada en el alma y mucho más tranquila con las conclusiones que sacamos sobre ese "careta" supuestamente llamado Gabriel, regresé a casa.

Mamá me esperaba con mi plato favorito, milanesas (que preparó Amalia, más vale). Rubén, con la cerradura de mi escritorio reparada. (Es que se esmeran conmigo cuando vienen los monstruosos hermanastros que me encajaron... por lo menos se hacen cargo de los desastres que me ocasionan). Lo mismo, como no quiero que se encariñen mucho, adrede me bañé recién después de cenar, para que el olor a pescado que traía impregnado en mi pelo y mi ropa, les revolviera el estómago. (Duermo más tranquila cuando hago mi buena obra del día. *Ja*).

Te quiero sin coladuras en el corazón, Ángelo mío. Hasta pronto.

Ceci

Voy a hablar de amor, querido Ángelo:

Hoy, a la salida del colegio, me esperaba la madre de Marianella. Me trajo una carta, pidiéndome que por favor fuera a visitarla (es que no le he respondido ninguno de sus mensajes de texto, ni mails, ni llamados. Nada).

Debo haberla mirado con cara de no querer ir, porque la señora me aseguró que su marido ya no vivía con ellas. No dejó de alegrarme, claro, pero mi reacción no tenía que ver con eso, y como no quise dar más explicaciones, le dije que la llamaría por teléfono porque me esperaban en casa otras amigas. Mentiras.

No sé qué me pasa, si es que directamente no quiero hablar con Marianella, si deseo verla para decirle primero que la odio por su traición y luego que me arrepiento de haberle pegado, si me da lástima su situación, o si es que ya no puedo perdonarla, ¡o todo a la vez!

Estoy confundida. Enojada. Sentida. Apenada. Furiosa. Y me tortura sentirme así. Es que la he querido mucho, y por momentos siento que el cariño… o mejor dicho, el amor, es como una copa de cristal, que cuando se rompe no tiene arreglo, y, aunque la intentes recuperar, queda marcada para siempre con la cicatriz del pegamento. ¿Y para qué sirve una copa rota?… para ir a la basura… mmm… Van a un laberinto. Amor, cristal y piedra[15] (justo aparece ese poema en mi agenda de García Lorca, el 12 de agosto, día del cumpleaños de Marianella… ¿casualidad o predicción?).

Hablando de esto con tía Beba, ella opina que sí, es cierto, el amor puede ser frágil como el cristal, pero también fuerte como una campana de bronce que hace sonar su música por siempre a los cuatro vientos. Todo es cuestión de decidir cómo vivirlo, y me recordó que el que ama es paciente, es capaz de aguantarlo todo, de aceptar todo, de esperar todo,

---

15 Federico García Lorca, "Arqueros", en *Poemas del cante jondo*, Madrid, Ediciones Cátedra S.A., 1989.

y ¡de perdonar! Cuando se ama en serio, uno no se pasa la vida recordando lo malo que le han hecho.[16] El perdón repara más a quien perdona que a quien provoca el sufrimiento, por eso es necesario dejar ir el dolor con el otro. (¿Será así o es solo un buen consuelo?).

¡Qué dilema! Cristal o bronce fundido.

Estoy triste. Muy triste. Y ni siquiera puedo escribir los versos más tristes esta noche, como Neruda.[17]

> *Escribir, por ejemplo: "La noche está estrellada,*
> *y tiritan, azules, los astros, a lo lejos".*
> *El viento de la noche gira en el cielo y canta.*

Adiós, amigo. El amor duele menos cuando te escribo.

Ceci

---

16 *La Biblia*: 1° Corintios 13.

17 Pablo Neruda, *20 poemas de amor y una canción desesperada*, Buenos Aires, Losada, 1972.

No te despedazaré, querido Ángelo, tranquilo...:

Hace mucho que no te escribo. Es que han surgido demasiadas novedades, y tengo tantas primicias que no sé por dónde empezar.

Vamos por partes, acuchilló Jack (el destripador, claro) y se carneó a varias.

Comienzo por...

La cabeza: recibí respuesta del Juzgado de Los Pozos. Iremos con mamá y Rubén la semana que viene. (No hubo forma de hacer desistir a mi vieja de venir conmigo. Llegó a amenazarme con que si no iba ella, no iba nadie. Yo preferiría la compañía de tía Beba, para evitar melodramas, pero... ¡es lo que hay!). Estoy ansiosa. Llevaré mi medallita como amuleto de la suerte.

Sigamos por...

El corazón: el sábado fue la fiesta de lanzamiento de los torneos interregionales en el club. Conocí a Pablo, ¡epa! Juega en la primera de básquet. Yo lo había visto un par de veces, de lejos, pero no me llamó la atención. (Bueno, es que estuve concentrada en Sebas, pero no quiero hablar más de eso). La cuestión es que yo bailaba con Celeste y Camila, en un rincón de la pista, cuando Pablo se acercó. Se puso frente a mí y me invitó a seguir bailando con él. Las chicas se rieron y se separaron un poco. Nos miramos y se me acaloró el cuello. (Así, de repente, como si me clavaran una estufa en la nuca). Traía dos vasos de gaseosa. Me ofreció uno. Como una tarada pregunté: "¿Es *diet*?". (¡Las pavadas que soy capaz de decir cuando me pongo nerviosa...! Tal vez se me ocurrió porque tengo grabada a fuego esa teoría de que una caloría menos es una caloría menos). No sé de dónde me brotó, pero en el acto me largué a reír dando por sentado que era un chiste. Él lo festejó. (En vez de idiota, me creyó graciosa). Hablamos mucho. Bailamos. Comimos choripanes sentados en la glorieta de las madreselvas. La noche pasó tan rápido que cuando papá vino a buscarme, tuvo que mostrarme el reloj. No podían ser las tres de la mañana (hora en que me convierto en calabaza). Pablo me acompañó hasta la puerta y me pidió mi número de teléfono. Otra vez se me embarulló la cabeza. Primero le di el de casa (de mamá); no, no, ese no, si me iba a lo de mi viejo. Le di el otro (el del departamento de papá), pero cuando lo divisé, allá en la esquina, medio dormido sobre el volante, imaginé todas las tonteras que diría si por desgracia llegaba a atender su llamado. No, no, ese tampoco. Le di el de mi celular sin dar más explicaciones (es que cuando no lo llevo encima, me olvido de que lo tengo). Se lo anoté en la palma de su mano y nos despedimos. Ahhhhh... fue maravilloso. Creo que estoy enamorada. Llevo dos días respondiendo sus mensajes de texto. Es muy divertido. Mañana nos citamos a la salida de mi entrenamiento. ¿Qué tul?

Continuamos por...

El hígado (pero después de un atracón): finalmente Marianella se apersonó en casa, sin mi permiso. Mamá la hizo pasar, claro. Todavía tenía algunas marcas en la cara. Como hacía tanto que no la veía (aún no iba a la escuela), pude notar que también estaba hinchada. Ella se dio cuenta de mi observación y dijo que desde ese "accidente" (lo llamó ¡accidente!) no podía parar de comer a causa de los corticoides que le inyectaron. Igual, es tan bonita que unos gramos de más no le hacen bulto. Teniéndola frente a mí, ya sin atajos para seguir escondiéndome, supe que no me importaba decirle lo que tenía guardado desde hacía semanas. Se merecía mi enojo y no ahorré ni una frase, ni una palabra, ni un insulto, y tampoco un abrazo que más sonó a despedida que a reencuentro. La había perdonado (y ella a mí, también), pero no me nació confiarle ya mis descubrimientos, mis novedades. Nada. (Tampoco deseaba escuchar los pormenores de su romance con Sebas. No). He decidido dejar de torturarme; cuando esté lista para seguir esta amistad, lo haré. Ni un minuto antes, ni un segundo después. Y si no se da, ya está, ya fue.

Rematemos con...

El ano (o sea... como el culo): ¡voy a tener un hermanito! Papá y Adela van a tener un hijo. Ya están viejos para eso, pero ¿a ellos les importa? No, ni un comino. ¡Son tan ridículos! Un hermano... o hermana. Que viene siendo un medio hermano (o hermana) no biológico, claro. O sea que, de ser única hija, pasaré a tener un medio hermano por lado paterno y tres hermanastros por vía materna (no deja de ser una ventaja que mi mamá no pueda concebir... aunque es capaz de volver a adoptar... ¡mi Dios!... ¿Qué sería en ese terrorífico caso?... algo así como ¿un medio hermano adoptivo?... ¡que los santos se apiaden de mí y me protejan!). Ni sueñen con que se lo voy a cuidar. Ellos se meten en el lío de tener un crío, pues que se lo aguanten. No es que no me gusten los bebés, pero ya estoy grande para estas payasadas. Y ellos también. Es hora de que se enteren. Además ya me los imagino, a Adela insoportablemente sobreprotectora y a mi viejo baboso. Otra que su bombón de chocolate, el último orejón del tacho, eso voy a ser. Abulinda dice que es una bendición, que cada nueva vida trae un mensaje de resurrección de la especie. Claro, para ella es su quinto nieto (mis tres primos, yo... y ahora el bebé), la entiendo que esté contenta. No es que yo no hubiese podido ser feliz con esta noticia, pero en otro momento; ¿no pudieron haber esperado un poco más? Justo ahora que estoy buscando mi parentela de sangre. Otra que familia ensamblada, la mía. Medio hermano, hermanastros, hermanos biológicos, todos desconocidos... Padres adoptivos, progenitores, padrastro, madrastra... ¡un rompecabezas, propiamente!

Como siempre, me despido convencida de que lo único realmente mío es mi Ányelo. (¿No suena más romántico Ányelo, que Ángelo? Sí, re de película). Besitos.

Ceci

PD: Me quedé pensando en los parentescos... ¿Qué va a ser el bebé de mi abuelo Alberto? ¿Nietastro? ¿Y de mi prima Sabrina Barbie? (ja, ¡lo voy a querer ver tratando de zafar de sus garras rosadas!)... mmm... a ver... ¿primastro segundo no carnal?... va a estar bueno, esto. De la que no se va a salvar es de la tía Celina, esa será su tía ¡con todas las letras!

Nunca te llamaré con diminutivos, querido Ányelo:

Hoy me esperó a la salida del club, Pablo. Unos amigos suyos se acercaron cuando nos estábamos saludando para darle una campera que había dejado olvidada, y lo llamaron Blito. Pensé que tal vez era su apellido, pero enseguida me sacó de la duda. Blito le viene de Pablito (¡un horror!). Su apellido es Murray (es descendiente de ingleses; de ahí debió heredar esos maravillosos ojos celestes).

Fuimos caminando hasta el *shopping*. En el patio de comidas me invitó con una gaseosa y un sándwich. Tiene casi dos años más que yo. Está terminando la escuela técnica. Va a estudiar agronomía en la universidad para dedicarse al campo. Es el menor de siete hijos. Tiene seis sobrinos, ya. Ni muerta le mencionaba que yo recién andaba por mi primer hermanito (bueno, en realidad si sumo hermanastros y los biológicos... le gano).

De repente, me preguntó sobre Sebas. (¿Todos en el club hablaron de eso?) Me quedé callada. Él susurró que no le contara si no quería. Seguí muda. Los segundos se hicieron elásticos. El ventanal del bar amplió su lupa y la ciudad tragó toda mi atención. Al rato, sentí un dedo suyo rozando mi mano abandonada sobre la mesa, y lo miré. Sus ojos cielo me marearon, creo que fue eso, porque empecé a hablar y no paré hasta que, detrás de los cristales, la ciudad comenzó a encender sus faroles y un mar de luces de autos dejaban sus huellas en la avenida. Sí, me hipnotizó, porque jamás en mi vida había hablado tanto con nadie. Ni siquiera con Marianella. Y si Pablo no mete su bocadillo para clavarme un "Me gusta tu mirada, tu voz, tu piel de seda... Me gustás mucho", y, tal vez por pudor (¿suyo o mío?), no paraba de mirarme fijamente a los ojos, todavía estoy dale que dale a la lengua. Nos sonreímos y quedamos con las cabezas apoyadas en un brazo y tomados con las manos libres, uno frente al otro, solo viviendo ese maravilloso instante en que podíamos disfrutar lo que sentíamos. Por mi estómago caminaban un sinfín de hormigas invisibles (¿habrá oído el ruido que hicieron mis tripas?... Espero que no). El encanto terminó apenas la camarera vino a recoger las bandejas de nuestro servicio. Era hora de irnos.

Me acompañó a casa (a lo de mamá). En la puerta, justo, se despedían de la suya, Jimena y Javier (mala estrella la mía). (El monstruo menor no estaba, ¿dónde andaría? Mejor no preguntar, a ver si se materializaba). Pablo los saludó como si tuviera que parecer amable, así que no me quedó más remedio que presentarlos. Mmm... creo que a Jimena le gustó, porque lo miraba como si estuviera despierta (y esa siempre está de visita en Saturno). Javier atinó un "ajá", pegó media vuelta y se fue. Nos quedamos conversando un minuto. Jimena, zampada, sin inmutarse (ni se entera que está demás en el mundo). Como tiene la edad de Pablo se supondrá con derechos... ¡es una desubicada!

Aparecida como una hada madrina, por detrás de la puerta Amalia llamó a la intrusa y la obligó a entrar.

Nos despedimos como viejos amigos y Pablo se fue arrastrando su campera.

Mamá nos esperaba. No alcanzó a preguntar dónde había andado hasta esa hora, cuando Javier balbuceó "Con el novio". Amalia le acertó un tincazo en la cabeza. Yo hice un gesto insinuando "qué le pasa a este chiflado" (lo iba a ahorcar); entonces mamá me dio la razón, mejor no hablar delante de extraños intimidades nuestras.

Cuando intentó averiguar sobre mi supuesto novio, le arrojé a la cara el tema del bebé. "¿Sabías que papá va a tener un hijo?". Quedó petrificada. Rubén, que acababa de entrar, nos miró fijo. Apenas le pasó saliva por el garguero, mamá corrigió: "Tu padre ya tiene una hija, será que va a tener otro..." y se acercó a saludar a su esposo. Rubén la abrazó, extendió una mano y me atrajo hacia ellos y nos hizo arrumacos. Siempre es muy cariñoso conmigo. Mamá se ríe con ganas de sus zalamerías. A veces me da pena ser odiosa con ella, pero es que es tan metida. En cambio Rubén se ubica en su lugar y no pretende darme órdenes ni sermones, solo me ayuda cuando lo necesito.

No es difícil darse cuenta de cuándo un hijo te quiere hablar y cuándo no. No entiendo cómo mi vieja no se entera. Capaz que porque soy adoptada. Pero, por lo general (salvo mi prima Sabrina Barbie), todas mi amigas hablan pestes de sus madres. Para mí que la maternidad les arruina el cerebro, o es que se ponen tan viejas que ya no pueden recordar cuando eran adolescentes. Si quiero que sepan sobre Pablo, lo haré saber. Y si no, no. Al pan, pan... Sanseacabó. Besos.

Ceci

¡Ahhhhh... Ányelo, un día inolvidable!

Tenía que ir a lo de la abuela, a buscar mi medallita, para llevarla conmigo a Los Pozos. Pablo me esperó a la salida del colegio y fuimos juntos. Le había comentado sobre mi fiesta de 15 (qué pena que no lo conocí antes, lo hubiese invitado, porsupu), así que le intrigaba conocer la casona familiar.

Abuela y tía Helen nos esperaban con el té servido. Tostadas, una tarta de manzana con canela (mi favorita) y unas masitas de *mamul*[18] (que a Pablo le encantaron). Las dos querían conocer al candidato (así lo llamaron... Dios... estas mujeres son del siglo pasado... Peor Helen, que se refirió a Pablo como "el que te arrastra el ala"; ¿se puede saber qué quiere decir con eso? ¿De qué ala habla?). Para mi sorpresa también invitaron a tía Beba. ¡Son tan chusmas! Y eso que les había suplicado discreción.

Pablo se la vio venir, parece, porque ni se inmutó. Es simpático por naturaleza. Todo le causa gracia y siempre tiene una sonrisa a flor de boca. (Definitivamente estoy enamorada).

Nos sentamos a la mesa repleta de comida que prepararon en el jardín, bajo la galería. El jazmín del aire perfumaba la tarde. Después de merendar y conversar con cada una, hasta amagó con repetir un par de palabras en árabe. Las viejas tuvieron el buen tino de no hacerle un cuestionario como si estuviese en una entrevista de trabajo (yo tiritaba esperando un "¿y a qué se dedican tus padres?", pero no).

Para relajar un poco la tensión del momento, lo invité a caminar por el jardín. Lo recorrimos palmo a palmo, le mostré cada recoveco. Le enseñé a treparse por el inmenso tronco de la glicina, al techo de la cochera. Luego subimos por los barrotes de la escalera que lleva al tanque de agua, y llegamos al enorme balcón del cuarto principal, que habitába-

---

18 *Mamul*: masitas orientales de sémola rellenas, generalmente, con nuez.

mos con mis padres cuando yo era chiquita y vivíamos en esa casa.

Me preguntó si había nacido en ese maravilloso palacio (me sentí su princesa). Pablo ya conocía, por mi propia boca, que yo era adoptada, así que me desconcertó. Como vio mi cara de sorpresa, me tomó por los hombros y agregó que, si tal como lo aseguraba este era mi lugar en el mundo, entonces era también donde la vida había comenzado, donde construí la historia de mis afectos, donde todo valía la pena.

Lo oía y no podía evitar pensar que tenía razón... y ahí él, conmigo, en ese espacio mágico donde sucedieron los mejores momentos de mi vida. Me emocioné. Los ojos se me inundaron. Las hormigas invisibles comenzaron a hacer lo suyo en mis tripas. Un imán me atrajo a su boca y nos besamos. (Me parece que fui yo quien lo encaró).

Justo en ese sublime instante, escuchamos la voz de mi viejo, llamándonos. Me ahogué con saliva y comencé a toser. Pablo dio un salto para atrás. Yo atiné a gritar que estaba enseñándole el acceso al balcón desde el jardín.

Cuando bajamos, a la sombra de las glicinas nos esperaban todos. Abu, las dos tías, papá y Adela (para rematarla). Parecía un cortejo de bienvenida (al cementerio). Me quise morir. Por lo bajo tía Beba susurró "... y eso que no traje a tu abuelo Alberto, que también quería anotarse...". Todos se rieron, menos papá.

Yo salté primero. Pablo pisó mal y casi se mata de un golpe. Se enderezó como si tuviera un resorte en la espalda y mi viejo, en vez de achurarlo, se vio obligado a preguntar si se sentía bien. "Perfecto", afirmó Pablo repuesto del papelón.

Papá me traía la caja con mis primeras ropitas, que yo había dejado en su departamento (es un encanto... casi siempre). Lo que vino después fue buscar mi medallita.

Con todas mis pertenencias, me despedí de los cinco. Pablo fue rápido hacia la puerta, a esperar ver cómo se daba la retirada.

Papá atinó a decirme que me llevaba a lo de mamá, pero yo me impuse y nos fuimos con Pablo como vinimos.

Creo que nadie se dio cuenta de nada. O por lo menos zafamos. Parece...

Mañana viajo a Los Pozos. Estoy un poco nerviosa. ¿En realidad quiero saber de dónde vengo? ¿Por qué no me alcanza con la versión de Pablo? Mi mundo está acá. Exactamente acá. Será un rompecabezas, pero es lo que tengo. ¿Qué habrá detrás de esos papeles fríos de juzgado que hablan de otra persona que no soy yo, la de ahora?

Sin embargo la curiosidad me arrastra a Los Pozos (¿será curiosidad o qué?). Ojalá que el nombre de esa ciudad no sea una metáfora y termine más aturdida... tocando fondo.

Tuya (aunque ahora me compartas... ji, ji).

Ceci

El que busca, encuentra, querido Án-yelo:

Y el que espera, desespera... Sí, ya sé que te tengo abandonado, pero es que tuve tantos pájaros revoloteando ¡dentro! de mi cabeza que recién ahora (y un poco también para ordenar mis ideas) me siento a escribirte.

Viajamos tres horas en auto hasta Los Pozos. Rubén pidió el día en el banco y mamá nos cebaba mate a cada rato. Yo llevaba en mi mochila mis amuletos (además de mi medallita, un perrito de peluche que me regaló

Pablo; a él sí le puse Blito, en honor a mi amor) y la agenda de García Lorca para ir anotando mis investigaciones. Parece hechicería, pero justo en la página del día en que viajamos, aparecía este poema:[19]

> *–¿Qué llevas en los ojos,*
> *negro y solemne?*
> *–Mi pensamiento triste*
> *que siempre hiere.*

¿No parece escrito para mí? ¿En este preciso momento de mi vida? Siempre sentí que la poesía decía con mejores palabras lo que yo tengo adentro, exactamente. Por eso voy a seguir insistiendo con el taller de literatura; tal vez algún día llegue a escribir algo que valga la pena.

Cuando estacionamos frente al Juzgado de Menores de Los Pozos, colgué del gancho de mi celular a Blito, a ambos del cinturón, y bajé segura. Pero apenas ingresamos, y una mujer gigante que atendía al público en la recepción preguntó qué buscábamos, sentí un retortijón tan espantoso en el estómago que necesité ir al baño. Me vino una diarrea descomunal. Mamá empezó a preocuparse y le pedí que, más vale, se ocupara de conseguirme un par de carbones, para cortarla. Rubén, que siempre es tan inteligente

---

19 Federico García Lorca, "Balada de un día de Julio", en *Poetas del 27. La generación y su entorno.* Antología comentada. Introducción Víctor García de la Concha, Colección Austral, N° 440. Espasa Calpe S.A., 1919.

y oportuno, no dejó que perdiéramos nuestra cita y fue gestionando el expediente.

La cuestión es que me pasé una hora yendo del baño a la cafetería hasta que por fin los carbones hicieron su efecto y me calmé.

Más tarde una trabajadora social me llamó a su despacho. Me comunicó que había sido la designada por el juez para asistir mi búsqueda, pero que primero debía asegurarse de que yo estaba convencida de hacerlo, además de conocer mis motivos. Como yo era menor necesitaba la autorización de mis padres para encarar este trámite (dijo trámite, ¿mi vida era un trámite para esta gente?) y me extendió un montón de fichas para completar. Mamá me miró y tomó mi mano. Sentí como si el mundo se acomodara en su lugar. El tibio contacto me repuso completamente. (Rubén seguía fotocopiando hojas del expediente que pedíamos. Pobre, se la pasó imprimiendo papeles).

Llené todos los formularios. Mamá ayudaba.

La trabajadora social era muy joven. Le pregunté si ella trabajaba en el juzgado cuando me adoptaron. Negó con la cabeza. Pero conocía el caso, aseguró. (De trámite, había pasado a caso).

Luego de explicarle que yo conocía todo mi expediente, le dije que me interesaba saber acerca de mis hermanos biológicos. Me preguntó si yo tenía otros hermanos, y la miró a mamá. No me quedó más remedio que explicarle mi rompecabezas familiar: padres adoptivos separados, padrastro, madrastra... medio hermano paterno, hermanastros maternos. Alcancé a visualizar un gesto de desencanto de su parte. Tal vez me pareció a mí, porque después nos mencionó un par de historias parecidas, a las que también asistió.

Me preguntó por qué quería saber sobre mis hermanos biológicos. No sé de dónde me arrancó decirle "Porque es mi derecho", pero parece que acerté a la respuesta correcta, porque no averiguó más intenciones y tecleó en su computadora un par de datos.

Leyendo el archivo que abrió, supe que en ese juzgado registraban siete menores de la misma progenitora, Teresa Poveda, dados en adopción. ¡Siete! Tres mayores que yo y tres después de mí. ¡Uno por año! (¡una fábrica de bebés, esa mujer!); el mayor tendría ahora 19 años y la menor 12. Dicen que después de la última bebé entregada, no supieron más de Poveda. Creen que se fue de la ciudad y de la región, porque este era el único Juzgado de Menores en 500 km a la redonda. Me dio los nombres de todos los niños y los de sus padres adoptantes (los saben porque, luego de los juicios, el mismo juzgado les extiende el documento de identidad con los nuevos nombres y apellidos). También se ofreció a dar sus direcciones legales (podrían ahora ser otras).

Era tanta información que no podía pensar, ni preguntar, ni entender lo que seguía diciendo.

Volví a reaccionar cuando acotó que, aparte de estos siete, hubo otro hermano, mayor. Sabían en el juzgado que había muerto en la cárcel, por una sobredosis de drogas, hacía como un año. Se llamaba

Juan Carlos Poveda. Mi mamá preguntó si era segura la información que acababa de dar. Relató que el año pasado se había acercado al juzgado un joven invocando a Juan Carlos, exponiendo su triste historia y queriendo saber sobre todos sus hermanos entregados en adopción. No le facilitaron ningún dato. "Imagínense que son confidenciales y solo para los involucrados directos en la causa" (trámite, caso y causa... ¿perdón?).

La trabajadora social argumentó que ya bastante se ocupaban de los que llegan (como yo) rastreando sus propias historias, como para atender también a los que se presentaban como sus amigos... Y sí, sonaba lógico.

Pregunté si recordaba que dijera llamarse Gabriel. No, ¡qué se iba a acordar! Agregó, sonriendo irónicamente, que traía como argumento para pretender esa información una medalla con la Virgen, una de esas de níquel que se consiguen en el día de la Inmaculada, en todas las iglesias católicas. Me corrió un frío por la espalda. Saqué mi medallita y se la enseñé.

Asintió con la cabeza, casi despectivamente. Recordé que en mi expediente figuraba la presencia de la medallita; entonces quise leer los legajos de mis hermanos para ver si también en esos aparecía el detalle. Menos mal que Rubén los fotocopiaba. (Una fortuna en impresiones, pagamos... ¿pagamos?... ¡Pagué! Con el dinero que papá me dio por si necesitaba cubrir gastos en ese viaje. Ya sé que así fue el acuerdo entre los tres, pero a mi vieja le vino al pelo para seguir amansando al cocodrilo que lleva en el bolsillo...).

Recapitulando. No sé si es más o menos importante el tema de la medalla que saber de la existencia de tantos hermanos, de la muerte de uno ¡en la cárcel!, o de ese supuesto amigo (¿qué tal si fue quien se metió en mi fiesta, ¿o quizás fue alguno de mis otros hermanos?). La cabeza no me daba para más.

Volví con demasiadas novedades y algunas otras sospechas. ¿Me cambió en algo saber todo esto? No sé. Por lo pronto, mal no me ha hecho. No estoy triste ni apenada. Estoy... ¿cómo decirlo?... extrañada, ¿maravillada?, ¡impresionada!, sí... desconcertada y definitivamente... conmovida.

Ay, Ányelo mío, cuántas noticias. Ya no estamos sobreviviendo entre unos cuantos desconocidos, ahora son una multitud. Te quiero.

Ceci

Más hermanos que en un monasterio, querido Ányelo:

Me ha llevado un montón de días leer los legajos de mis hermanos biológicos, y varias semanas rearmar una especie de mapa acerca de nuestras vidas. (Pero no me alcanzó para reponerme de tantas emociones). Mucho de lo que descubrí me ayudaron a verlo Pablo y tía Beba con sus propias lecturas. Mis viejos también fueron preguntando, recordando y aportando algo.

Voy por orden para no marearte:

1°- Juan Carlos Poveda. Entre todas las fotocopias hallé una que no sé si pertenecía a alguno de los expedientes. Le pregunté a Rubén; creía haberla sacado de una carpeta que, a último momento, le acercó un administrativo del Archivo. Bueno, no viene a cuento. Lo que sí importa es que en esas anotaciones aparecía su nombre y el de un tal Ignacio Carreras que andaba buscando información sobre la familia de Juan Carlos Poveda (o sea, el tipo del que hablaba la trabajadora social, que no recordaba el nombre, pero que en la oficina de al lado sí lo registraron... Burocracia que le llaman, ¿no?...). Mi hermano falleció en la cárcel del Sauce. Fin. Nada más. Supongo, atando cabos, que ese Ignacio Carreras es el que tenía una medallita igual a la mía, y sospecho que puede ser el de la foto.

2°- Eduardo Epse. Sus padres adoptivos son de Curitiba, Brasil, pero viven en Entre Ríos (o ya no... quién sabe). Aprovechando que es un apellido raro, lo buscamos en la guía de teléfono y en Internet. No figuraba nadie con ese apellido en la Argentina. En Curitiba, un montón. Como ninguno de nosotros habla portugués, no nos animamos a averiguar llamando a una agencia de publicidad Epse que figura en la red. La madre de Marianella veraneaba todos los años en Brasil y aprendió el idioma, pero no sé si podrá ayudarme esa vieja hueca de seso. (Cambiando de tema, o mejor dicho, ya que las nombro, ay... si hubiera apostado plata, ganaba. Ya está viviendo de nuevo con ellas el cuadrúpedo del padre).

3º- Natalia Inés Martínez. Por la fecha de nacimiento que figura en su expediente, cumplió ya 17 años y va para los 18. Su familia es de Buenos Aires. ¿Cómo se busca a un Martínez entre los 398.546 Martínez de una ciudad con 15 millones de habitantes? Solo un milagro puede hacer que la encuentre. Con lo que me hubiese gustado tener una hermana mayor. (Ni lo pienses... ¡Jimena no! Ya mamá amagó con sugerir que ambas tienen 17 para 18...).

4º- Ramiro Beltrán Almeida. 16 años. Pertenece a una familia muy (pero muy) rica de la provincia. Viven en un barrio cerrado superelegante. Su padre es dueño de una fábrica de tractores. ¿Cómo supe tanto? Porque a Rubén le sonó ese apellido de haberlo visto en catálogos de clientes del banco donde trabaja (el Banco Sheldon, internacional... fff...). Tiene acceso a unas bases de datos que con un par de claves puede averiguar hasta el grupo sanguíneo de la gente (para dar créditos u ofrecer servicios... así dicen...), y como Ramiro tiene extensiones de sus tarjetas de crédito (¿qué tal?, yo no tengo tarjetas ni para los juegos del parque), así lo ubicamos. Pablo me ayudó a deducir y a tramar estrategias de búsquedas (a escondidas, porque yo le pasaba todos los días las fotocopias de los legajos que iba leyendo). Me dice que cuando lo decida, nos hacemos la escapada del cole, juntos, y vamos a la escuela de Ramiro (es lejos, pero no más de hora y media), lo esperamos a la salida y tanteamos qué onda... Muy de película para mí. El pibe nos va a mandar a freír mondongo. ¿Y si él no sabe nada? ¿O si no le importa? ¿Y si no quiere conocerme? ¿Y si quisiera, cómo hago para saber quién es?... Ni una foto tengo. ("A ver, muchacho, ¿serás mi hermano biológico?"... ni para risa da). Bué... veremos...

5º- Vengo *yo.* Cecilia Zucarías. La bella. La reina. El jamón del sándwich.

6º- Romina Lucrecia Shirley Holmer. (La deben odiar para haberle puesto esos nombres, ¡y todos juntos!... No quiero ni pensar lo que fruncirán la nariz las maestras de su escuela cada vez que la listan en el registro de asistencia, en los boletines y documentos). Tiene 13 años. Sus padres se fueron a vivir a Italia, y con un permiso especial la sacaron del país antes, incluso, de terminar su juicio de adopción. Chau, Shirley. Mmm... Aunque en un documento consular aparece una dirección de Viareggio. Busqué en el atlas esa ciudad, está situada en la provincia de Lucca, en la Toscana y se ve que es bastante grande porque tiene como setenta mil habitantes. Voy a escribir una carta a su madre, tal vez... en una de esas... El *no* ya lo tengo, ¿qué pierdo con probar? De último rompen la carta y chau. Además viven tan lejos que no se me aparecerá nadie en la puerta de casa a hacerme un despelote (y entre nos, hasta que le acierten en qué casa esté parando yo justo ese día... je, je).

7º- Nancy Rocío Scangaretti Ortiz. 11 años. Vive en Cavalonga (a unos 300 km de aquí). Me gustaría conocerla, pero no sé si ella podrá comprender todo este embrollo de ser hermanas biológicas... Yo a los 11 tenía tan asumido que era hija de mis padres adoptivos; ni se me daba por imaginarme en otra familia. Bueno, no es que no me importara que a veces mis amigas me preguntaran cosas como "Si no naciste en la panza de tu mamá, ¿de qué panza saliste?". Pero yo entendía y repetía muy bien lo que me habían enseñado: mis papás deseaban adoptarme para ser mis padres, y, como yo no podía crecer dentro de la panza de mamá, entonces otra mujer me hizo crecer en la suya; y lo decía sin problemas una y otra vez, segura y orgullosa, a todo el mundo. Recién ahora se me da por conocer la otra cara de mi historia. Pero ya tengo 15...

Tía Beba tiene una amiga cuya prima es maestra rural en la zona. Por ese lado intentaremos lograr una pista por donde averiguar sobre Nancy.

8º- Jerónimo Rafael Giacanti. Tiene 9 años (dentro de dieciocho días cumple 10). ¿Estás listo para la gran sorpresa, Ányelo? Es como encontrar una aguja en un pajar, insólito, pero vive a solo seis cuadras de la casa de abuela Yamile. Yo me crié ahí... Impresionante. ¡Extraordinario! Cuando leí su legajo no me di cuenta de esa casualidad; fue mamá la que pegó el grito. ¿Cómo puede ser? Hace diez años que podemos habernos cruzado en el supermercado, en la plaza, en el kiosco. Tal vez sea el chico que me atropelló con su bicicleta. Quizás sea uno de los que juegan al fútbol en el baldío del fondo y cada siesta, de casi todos los domingos, piden la pelota caída en nuestro jardín. Estoy tan obsesionada con la idea de haberlo visto mil veces y no reconocerlo... ¿No es de locos? Tía Helen acaba de confirmar que en esa dirección vive una familia Giacanti, tienen dos hijos, uno de ellos llamado Jerónimo. Siento un nudo en la boca del estómago al saber que podré verlo mañana, aunque sea de lejos. Es un niño, ni se me ocurre decirle la verdad, y no sé si sus padres me echarían a las patadas de saber mis intenciones.

Te anticipé que eran fuertes estos descubrimientos. Ay, amigo querido, cómo engordó el abanico familiar: 6 hermanos. ¿O medio hermanos? ¿Tendremos el mismo padre? Mmm... dudoso... todos los legajos dicen "padre desconocido"... ¿pero siempre fue desconocido después de siete hijos?... Si fuese el mismo "desconocido" ya le hubiesen averiguado el nombre... En cambio si fueran distintos desconocidos, como sospecho, entonces serían en plural, varios, diferentes tipos... Uf... Menos averigua Dios y perdona... Resumiendo: 6 medio hermanos biológicos, 3 hermanastros y un medio hermano (de padre adoptivo) por nacer... ¡Qué variedad!

¡Y yo que crecí llorando por tener un hermanito! ¡Estaba loca desde chiquita! (Espero no contagiarte). Besos, besotes.

Ceci

Como éramos pocos... querido Ányelo:

Mi papá está ofendido conmigo. Dice que en toda esta historia de buscar a mis hermanos lo he tenido poco en cuenta. (Para lo que él me tuvo en cuenta a mí en algunas de sus decisiones importantes). Esta historia de hermanos desconocidos yo no la elegí... ¿Puede mi viejo decir lo mismo? No. Me parece, además, que está preocupado porque comentó algo así como que él creía haber sido un buen padre, nunca me ocultó nada, y ahora yo me mostraba más interesada en mi vida anterior que en la nuestra, la de ahora, la de siempre, la única...

Yo lo adoro, pero me imagino que en esta etapa está más concentrado en lo suyo que en mi rollo. Él jura y rejura que soy el amor de su vida y esas pavadas mimosas. (¿Se escuchan los violines de fondo musical?...). Que nadie me destronará de su corazón, y estupideces por el estilo, como si yo fuese una chiquilina. Más rabia me da, porque no me toma en serio. ¿Cómo puedo confiarle esto que es tan importante, entonces?

Mamá recordó que cuando yo tenía como 2 años, una pareja de padres adoptivos se contactó con nosotros. Dijeron que en el juzgado les facilitaron nuestros datos. Ellos habían adoptado a otra niña, recién nacida, de la misma Teresa Poveda. Deseaban establecer una relación para que en el futuro las niñas tuviesen, si querían, posibilidades de conocerse. Quedaron en una cita, pero luego no llegaron a hora al lugar del encuentro por una emergencia en el hospital. Y el tema pasó al olvido.

Dedujimos que debieron ser los padres de Romina, así que decididamente les mandé una carta a Italia, presentándome. Agregué una copia de la foto de mis 15. Mandé todos mi datos. Pensé en pasarles el resumen de mis averiguaciones, pero tía Beba tuvo razón: mejor saber si estarían dispuestos a saber de mí y luego, si querían, les pasaba el santo de los otros siete.

Te abrazo, querido amigo. Aquí, a solas, solo somos dos.

Ceci

Querido Ányelo de la guarda:

Fui a lo de Abu. Por fin me animé a espiar a Jerónimo (el más pequeño de los hermanos). Jerónimo Rafael Giacanti. Es lindo su nombre, Jerónimo, pero más me gusta Rafael. Rafael también se llamaba el padre de abuelo Alberto (qué casualidad, ¿no?). Siempre cuentan que mi bisabuelo Rafael se casó con la bisabuela Antonia "por encargo". Sí, increíble, la pidió por carta a un cura de su pueblo en Sicilia, le enviaron fotos, le gustó (¿se gustaron?), y a los seis meses se la mandaron por barco. Como comprar ¡por catálogo en un hipermercado! Las costumbres de la antigüedad son impensables ahora ¿no? (Si Pablo viniese por catálogo ¿lo compraría?... ¡*sí*!... ¡claro!... ¡porsupu!... ¡Definitivamente!).

Me senté en la plazoleta, exactamente al frente de la casa de los Giacanti. Sola. No quise que nadie me acompañara (no sabía cómo sentirme, cómo reaccionaría, nada, y ya tenía bastante con mi ansiedad como para hacerme cargo de un acompañante). Me llevé un libro pero no podía concentrarme, así que lo usaba de excusa para espiar. Vigilaba sin pestañear para no perder si alguien salía o entraba. A veces, los autos que pasaban me tapaban la vista. Me ponía más nerviosa. Finalmente, como a las cinco de la tarde (yo esperaba desde las tres) atravesaron esa dichosa puerta de calle dos niños.

No me hizo falta calcular cuál sería el de 10 años, porque apenas lo vi supe que el más moreno era Jerónimo. ¡Igualito a mí cuando tenía su edad!, aunque con la piel más oscura y el cabello mucho más enrulado. Tras ellos se levantó el portón eléctrico de la cochera y apareció una mujer conduciendo en reversa su auto. Los niños se dispusieron a subir en el asiento trasero. Jerónimo caminó por detrás del auto para abrir la puerta izquierda. Sin darse por enterado de nada giró su cara hacia donde estaba sentada yo. Por un instante me miró a los ojos. Se me cortó el aliento. El libro rodó al suelo. El niño siguió su movimiento y en pocos segundos el auto arrancó en dirección al centro.

Yo quedé como en pausa. No sé por qué se me empañó todo y de repente no podía parar de llorar. No era tristeza, ni melodrama. Fue un llanto para adentro, de la garganta al pecho, casi de alegría, diría. Es como si al verlo, mis ojos se hubiesen inundado de imágenes traídas de una memoria invisible. No lo había visto jamás y sin embargo no era un extraño para mí. Sé que suena raro, pero fue algo así.

Como hipnotizada regresé a lo de Abu y me tiré en el sofá que da al patio de invierno. Tía Helen se sentó en el sillón de mimbre, a unos metros. Le hice un ademán a Abulinda para que se acercara y apoyé mi cabeza sobre sus piernas. Sin palabras. Cuando desperté, seguíamos las tres en el mismo lugar. Nos habíamos echado una siesta tardía de dos horas. Luego fuimos hasta la cocina y comimos una picada.

Les dije que lo había visto y que era idéntico a mí.

Me convencieron para que dejara una carta detallando mi descubrimiento y con mis datos en el buzón del correo de la familia, a nombre de la Sra. Giacanti. De nuevo, si la madre de Jerónimo quiere, podrá romperla, ignorarme o comunicarse conmigo. Por lo menos quedaré con la conciencia tranquila de haberlo intentado.

Son tantas puntas para desenrollar esta madeja, que algo saldrá. Una bufandita de pocos hilos o un saco bien tejido. (Guau... ¡por fin me sale una alegoría redondita!, si se la mostrara a mi profe del taller de Literatura me felicitaría).

No, si (modestia aparte) me vas a terminar sacando buena en esto de escribirte, Ányelo, amigo mío. Tuya.

Ceci

Otro día de novedades estruendosas, querido Ányelo:

Una vez más, Marianella se fugó de su casa. Me mandó un mensaje de texto en mayúsculas, diciendo que necesitaba verme, urgente, en secreto. Justo hacía un momento, mamá me terminaba de comentar, horrorizada, acerca de la nueva huida. ¿Cómo lo supo? Es que doña Metereta estuvo pidiéndole a la madre de Marianella sus servicios de traductora para hablar por teléfono a Curitiba, y así se enteró. No hubo agresiones del padre esta vez; entonces ya no entendían qué le pasaba a esa chica... mmm... ¡Qué le pasaba!...

Al principio no tenía muchas ganas, pero ante la enigmática situación, fui a encontrarme con Marianella en un bar (en la loma del cachilo ahorcado... nunca nada es fácil con mi amiga...). Me esperaba con cara de no dormir bien hacía rato, y en un instante, para titular de tapa, me rajó el notición. Estaba embarazada y se iba a ir a vivir con Sebas al campo de sus tíos, que necesitaban trabajadores. La mandíbula se me desencajó de la cara. Atiné a recordarle que eran unos críos todavía, ¡¿cómo iban a tener un hijo?! Y me salió con que no reaccionara como una nena de papá llena de mojigaterías. Además, a lo hecho, pecho y ya está... lo que necesitaba era mi apoyo y no un sermón. (Yo solo pensaba en el violento del padre, si se enteraba, la mataría). Los padres de Sebas estaban al tanto y no se reponían del mal trago. Les propusieron hacer un aborto, pero ella ni loca ni ebria ni dormida cometería "semejante crimen" (así lo dijo). Yo no podía reaccionar. Ni siquiera sabía que mi amiga tenía vida sexual, y ahora, cuando recién estaba tratando de digerir su traición, me venía con semejante bomba.

No quería ser su delatora pero tampoco su cómplice. Qué locura. Además eso de huir, huir, huir, todo el tiempo... pobre Marianella... qué cansada debía estar, porque yo, como dice mi abuelo, no creo que nadie pueda ver el paisaje mientras está desesperado por escapar.

Me pidió que la escondiera por unos días en casa de Abulinda, en la habitación del fondo que nadie usa. Que inventáramos cualquier historia hasta que ella pudiera escapar con Sebas de la ciudad. Le dije que lo intentaría, pero no, no logré mentirle de esa forma a mi abuela. Si en alguien confío es en Abulinda. Mirándola a la cara no pude engañarla y le dije la verdad. Por supuesto que su respuesta fue un "De ningún modo", rotundo y cerrado.

Lo peor es que habló con papá; mi viejo con mi vieja, y juntos con la madre de Marianella. Ella seguía escondida en la guarida de la cochera de Sebas, sin que los padres sospecharan. De película (de terror).

¡Qué despelote se armó! Yo no tuve intención de generar semejante lío, pero tampoco tenía posibilidades de cargar con este secreto, como me convenció tía Beba. Si hubiera escondido a Marianella en casa de Abu, a la larga se hubiera sabido y seríamos responsables. ¡Y qué le habría hecho el enfermo del padre a mi abuela! En cambio ahora, aunque se lanzó tremenda bola, alguien se hará cargo del tema, de ese niño, ¡de esos pibes!... espero...

Pablo también cree que hice bien, o por lo menos lo que pude. Pienso que quizás tendría que haberle ofrecido algo de plata de mis ahorros, para que se fuese a una pensión, o algo así... ¡Oh, Dios mío, qué chica más tonta! ¡Cómo pudo meterse en ese tremendo problema! (Justo... o tal vez adrede, en el colegio, la profe de Biología y la preceptora plantearon un proyecto para tratar el tema de la maternidad adolescente y nos propusieron hacer como si criáramos a un bebé. Yo no me anoté. Ni siquiera quiero tener un hermano bebé, menos uno propio... ni de simulacro. No).

Cuando todavía éramos muy amigas, con Marianella siempre hablábamos de sexo como algo tan futuro que no caigo en cuenta de que ya esté embarazada (es una mentirosa profesional... Y yo que creía que éramos íntimas, que nos contábamos todo...). Lo mismo, sigo creyendo que para eso hay que ser más madura, hay que tomarlo en serio. No es cuestión de andar teniendo hijos porque sí... lo sabré yo...

¡Sí que lo sé! Ayer anduvimos averiguando en el archivo de la cárcel del Sauce por mi hermano Juan Carlos Poveda. El pobre se crió como un chico de la calle, deambuló por hogares de niños, reformatorios, tres veces detenido por robo y finalmente murió por sobredosis de cocaína cumpliendo una sentencia. Me dio tanta pena. Pensé que yo pude correr ese mismo destino si mis viejos no me hubieran adoptado. Pablo me consoló diciendo que mostró algo de responsabilidad mi progenitora al entregarme, al menos. Ser responsable es, de alguna manera, una forma de dar amor.

En realidad no pude pensar en ese hermano como un ladrón común. Definitivamente no pude odiarlo como al imbécil que una vez a punta de navaja me robó la campera de cuero y las zapatillas que traía puestas, a la salida del club. Llegué a casa en patas y muerta de frío, de susto y de bronca. Todavía todos agradecían que no me hubiese hecho daño ese ratero de adolescentes, como lo bautizaron en los noticieros.

Yo no me animé, pero Pablo habló con la señora que atendía el teléfono del archivo de la cárcel, le hizo todo el cuento de la historia de mi medallita, la tarjeta de cumpleaños y el intruso a mi fiesta, para dar lástima y sacarle información acerca de ese tal Ignacio Carreras. Efectivamente. Confirmado. Había estado preso en la misma época que Juan Carlos. La sospecha cobró categoría de buen indicio. ¿Cómo hallar al tal Ignacio? Era (y sigue siendo) la pregunta del millón.

Bueno, tiempo al tiempo. Ya vendrán mejores. Siempre que llovió, paró.

Va un abrazo (más estruendoso que estas novedades).

Ceci

Una de amor para mi culebrón, querido Ányelo:

Mis viejos todavía no saben que Pablo existe más que como amigo (al menos no por mi boca, y si lo saben lo disimulan con éxito).

Algunas ventajas tiene el hecho de que tus padres estén separados. La número *uno* es que se consiguen mejores resultados, ¿cómo? ¿Con qué? Con la culpa. Sí, fácil: ambos "papis" aman muuuucho a su pobre hijita herida, que un día puede estar triste, otro introvertida, otro caprichosa... y compiten por ser más buenos, más amigos, más compinches con "la nena"... Y así... con un "pero mamá dice"... "pero papá me deja"... uno les va sacando lo que quiere. La ventaja número *dos*, sin dudas, es que se aprende a hablar lo justo y necesario para lograr el fin deseado. ¡Claro!, como tus padres no conviven, no conversan mucho tampoco, entonces uno (o sea *yo*) elige la información que quiere que sepan y ¡ya!... siempre es la más conveniente... ¿Se entiende? (Definitivamente mis viejos no deben leer jamás este diario...).

Con los míos tampoco es tan sencillo, porque los dos viven yendo a psicólogos y a veces, en estos últimos tiempos, han ido juntos a algunas consultas por mi causa. Desde entonces se hablan más (por otro lado, mejor, porque me daba mucha rabia verlos pelear como perro y gato). Yo creía que ahora que papá va a tener otro hijo, mamá le iba a retirar el saludo, pero no.

Lo mismo, con Pablo no se meten. Nos han visto juntos un par de veces, pero no preguntan. Además yo siempre he sido de tener muchos amigos y tal vez por eso no sospechan. Quizá porque están desbordados con la aparición de tantos hermanos biológicos y no quieren molestarme con otros problemas (¿será?... mmm...). No sé, pero lo cierto es que ayer fuimos con Pablo al cine, a la salida del colegio, y ni se enteraron.

La pasamos de diez. Comimos praliné hasta relajarnos. Vimos toda la película tomados de la mano.

Nos dimos varios besos cortitos y conversamos camino a casa, un montón. Me siento muy cómoda con Pablo, como si lo conociera desde hace mucho. Se me hace tan fácil entenderme con él... Siento que le importa lo que a mí me importa. Y al revés, a mí me interesa todo lo suyo, lo que hace, lo que piensa, cómo entiende la vida. (Nada que ver con Sebas. No es por comparar. A Sebas tenía que arrancarle las palabras de la boca y atarle las manos).

Pablo siempre tiene las palabras exactas a flor de piel y está muy jugado con las ideas que cree justas. Yo no sé cómo hace, pero se da tiempo para todo. Estira como chicle las horas del día para estudiar, ir al club, estar siempre listo cuando yo lo necesito (y últimamente lo llamo a cada rato). Participa, además, con un grupo de compañeros en el centro de estudiantes de su escuela y ahora andan tras conseguir no sé qué herramientas para poder realizar trabajos prácticos; y tienen toda la razón del mundo: no pueden aprender a reparar motores solo por fotos y dibujos de máquinas. Él también tiene una familia numerosa (claro que bastante más ordenada que la mía) y pienso que por eso se preocupa tanto por ayudarme a comprender lo que me tocó en suerte.

Ayer cuando nos despedimos, en la esquina del departamento de mi viejo, me abrazó largo y calentito contra el inmenso tronco de un lapacho. Mi cabeza entera se acomodó entre su cuello, el pecho y su hombro, como si ese triángulo suavecito hubiera sido hecho para ese abrazo. El mundo giraba al compás de su respiración, alrededor de mi cara. El olor de su piel. La música de nuestros corazones acompasados a puro suspiros. Me dijo al oído que era la chica más maravillosa que conocía y que toda su vida había valido la pena solo para estar así, en ese momento, conmigo. Los ojos se me empañaron por dentro. La garganta cobró vida de mariposa. Quise que ese instante durara para siempre y lo único que me vino a la mente fueron esas líneas de un poema de Neruda que memorizamos en clase de Literatura; entonces se lo murmuré, desvergonzada:

> *Yo te amo para comenzar a amarte,*
> *para recomenzar el infinito*
> *y para no dejar de amarte nunca:*
> *por eso no te amo todavía.*
> *Te amo y no te amo como si tuviera*
> *en mis manos las llaves de la dicha*
> *y un incierto destino desdichado.*[20]

Él se puso recolorado, le hervía la cara (al principio creí que de vergüenza, pero no, fue de emoción). Me prometió, tomando mi cara entre sus manos y mirándome fijamente a los ojos, que aprendería un poema para recitármelo también. De verdad le encantó, y yo no podía parar de sonreír.

---

20 Pablo Neruda, fragmento del "Poema XLIV", en *Cien sonetos de amor*, Buenos Aires, Losada, 1960.

Como siempre, los bocinazos, un amigo indiscreto del edificio y el reloj me trajeron de vuelta a la vida cotidiana. (Ya se sabe, nada es perfecto). Lo mismo, me quedo para siempre con ese instante. Es mío. Hasta el fin de mis días.

Me estoy poniendo melo-roman-dramática (si los poetas inventan palabras, ¿por qué yo no?), así que mejor te dejo. Chaucito y hasta pronto... voy a soñar con Pablo.

Ceci

Soy una chica encantadora, querido Ányelo, (¿lo habías notado?):

Adela nos mostró un video con la ecografía del bebé. ¡Es un varón!

Invitó a cenar "a toda la familia de papi", y después de las pastas, para postre, vino el show. La verdad es que debe ser muy emocionante sentir el latido de otra vida en la panza. Estaban todos tan contentos... Cuando papá veía ese borrón de rayas moviéndose en la pantalla y de repente se daba cuenta de que yo espiaba de reojo su felicidad, ponía cara de piedra. Me dio pena arruinarle el estreno y me mostré alegre con esa visita pública y familiar al útero de mi madrastra (definitivamente, me encanta el melodrama, lo disfruto. Al diablo con la profe del taller de Literatura). Hasta propuse un brindis. Mi viejo corrió a traer copas y una botella de sidra.

Hablando de bebés, Marianella y Sebas finalmente huyeron. Yo no di ninguna pista sobre su posible paradero. Que se las arreglen. La vida se encargará de acomodar las cargas, como dice Abu.

¡Viva el amor y la familia! (No, si al fin y al cabo, como te digo, soy una chica encantadora). Te quiero, diario lindo.

Ceci

Te lo dije, quien busca, encuentra, querido Ányelo:

Tantas puntas de la madeja tiramos, que al fin empezamos a desenredar el hilo.

Por lo de mamá apareció, sin previo aviso, la sra. Scangaretti con Nancy de la mano. Mamá no salía de su asombro. ¿Qué fue lo primero que hizo? (Bueno, en realidad lo segundo, porque a Dios gracias atinó a hacerlas pasar). Llamó a su psicóloga para ver cómo avisarme a mí. Yo chateaba en mi computadora.

Cuando finalmente fue a mi escritorio a buscarme, se veía tan pálida que pensé que algo grave le había sucedido a mi abuelo (no sé por qué siempre tiendo a la fatalidad). Me abrazó y casi en secreto anunció que ellas estaban en el *living*.

Corrí por el pasillo y frené justo en la puerta desde donde pude verlas de espaldas. Me recompuse y entré. Nancy jugaba con los caracoles del centro de mesa, los tanteaba y acercaba a la cara casi hasta pegarlos contra sus anteojos. Su madre sonrió. Yo me acerqué y la saludé. Automáticamente, Nancy se me echó al cuello y me besó. Le acaricié la cara y estuvimos así un par de segundos. Luego la niña volvió a los caracoles y yo apoyé mi rostro contra el pecho de mamá para ocultar mis lágrimas. Su olor a mamá endulzó el abrazo.

Traje todas las carpetas que tenía ordenadas por nombre de hermanos para mostrarles mis averiguaciones. La sra. Scangaretti ya estaba al tanto de casi todo porque había consultado los legajos en el juzgado, igual que nosotros, pero decidieron con su esposo esperar que algún hermano de Nancy tomara la iniciativa de conocerla, y entonces estarían encantados de facilitar un encuentro. Tía Beba había sido la mediadora a través de la prima de su amiga.

Quise saber si tenían más hijos. Sí. Nancy y otros dos biológicos, mellizos, que nacieron más tarde. Nos explicó que ella y su esposo, luego de adoptar a Nancy, se convirtieron en padres sustitutos. Mi cara de no saber de qué hablaba apuró su respuesta. Por su hogar pasaban niños en trámite judicial de adopción que por alguna razón tardaban en ser entregados a sus definitivas familias (conociendo la sorda burocracia del juzgado, haría falta un archivo adicional para guardar "razones"). Además de criar a sus tres hijos, por su casa han pasado ya ocho niños en tránsito hasta hallar a sus familias. (Hay gente que tiene amor de sobra, ¿no?).

Antes de estar con ellos, Nancy fue dada en adopción a otra pareja, pero al poco tiempo se arrepintieron y la devolvieron como a un paquete, nos contó por lo bajo su mamá mientras Nancy fue hasta el baño. Entonces el juez le otorgó la patria potestad a los Scangaretti, que seguían en la lista de padres en espera. En los dos años siguientes recibió cuidados especiales y tres operaciones en los ojos por una enfermedad en las córneas.

En ese momento entró Amalia trayendo a Nancy de la cocina. Se había equivocado de puerta y terminó paseando por toda la casa. Su madre la miró de reojo, desconfiando de esa versión. Nos sorprendió, pero luego entendimos de qué se trataba.

Para salir del paso (o del reto), le pregunté de lleno si alguna vez había visto un dije como el mío. Nancy se abalanzó sobre la medallita que yo les enseñaba y sacó una idéntica de su carterita de lentejuelas. ¿Todos tendríamos una?

Mientras nuestras madres tomaban café, yo le mostré a Nancy mi cuarto y mis álbumes de fotos. Amalia nos trajo masitas y un canasto de juguetes que tenía archivados en la baulera hacía bastante tiempo (porque mamá intentó dárselos a Salvador un día... ¡ajá!... Sobre mi cadáver lo haría).

Nancy acarició con mucha ternura una muñeca de paño que supo fabricar para mí tía Beba y se la regalé. Luego revolvió el canasto, juguete por juguete. Se colgó al hombro un bolso de pana roja con un corazón plateado en el broche; hojeó mi colección de papeles para cartas decorados con diferentes motivos infantiles, con sus respectivos sobres; miró con simpatía un disfraz de perro dálmata, y también se lo ofrecí. Al principio dijo pudorosamente que no, que su mamá la iba a retar si aparecía con todo eso, pero insinuó que si yo le aseguraba que ella no me había pedido nada... (deletreó N-A-D-A... Reconocí algo en ese tonito... mmm... ¿será nomás que lo que se hereda no se hurta?). Quedó claro que quería llevarse todo, si hasta confesó (en una actuación impecable que incluyó ademanes, poses y un llorisqueo penoso) que era una PE-SA-DI-LLA tener hermanos varones de 9 años y ayudar a cuidar a los otros chicos que pasaban por su hogar, pues no le dejaban juguete sano. ¡Y ahora por fin conocía a una hermana mayor que le daba tantas cosas... las cuidaría tooooooda su vida!... Era muy gracioso ver cómo exageraba para que yo insistiera (a ella y ante su madre) para que aceptara mis regalos. Esa niña anteojuda, actriz nata, no tenía un pelo de sonsa, sabía cómo conseguir lo que quería y caer simpática.

Me pidió ver los libros de mi biblioteca. Saqué mis favoritos. Ella eligió *Los espejitos*.[21] Con gusto se lo leí completo, mostrándole los enormes dibujos y sin saltear ni una hoja, ni una letra, ni cambiando una sola palabra. Nancy se asomó al espejo de la puerta del ropero y comenzó a hacer morisquetas. Nos reímos tanto que se me ocurrió tomarnos fotos con mi celular. Jugamos mucho haciendo poses.

Me preguntó por los rayones con marcadores en mi cortina. Le conté que yo también padecía de hermanos menores. Le hablé de las travesuras de Salvador y ella me sorprendió comparándolo con uno de esos "hermanitos" que habían pasado por su casa hasta hallar familia. Me dio pena pensar en Jimena, Javi y Salva como chicos en tránsito por mi casa... Bueno, yo también voy y vengo de la de papá, de la de mis abuelos... ¿será que todos estamos en tránsito por la vida?...

Nancy es un fenómeno. Es brillante. Es una nena maravillosa.

Cuando nos despedimos sentí que la luna brillaba más que nunca. Las acompañamos hasta su auto y las vimos partir, Nancy con su trofeo bien ganado (el canasto completo), su madre agradecida por el encuentro y prometiendo otros con la familia completa. Mamá y yo tomadas de la mano, saludándolas con un hasta pronto, claro, cuando quieran. No

---

21 Michel Butor, *Los espejitos*. Ilustrado por Juan Marchesi, Buenos Aires, Ediciones de la Flor, 1974.

recordaba ya cuántos años hacía que no estábamos tan unidas, pero intuí que desde siempre.

Dormiré con la sonrisa más curva que me preste la almohada, querido diario. A pesar de ser noche cerrada, creo que hoy una estrella partió en dos el telón oscuro de un mal sueño. Tuya.

Ceci

Hay pesados en todas partes, Ányelo querido:

Recibí correo electrónico desde Italia. El padre de Romina (Romina Lucrecia Shirley, pobre...) me escribió una carta larga y complicada. Se sentía muy conmovido con mi aparición.

Viven solos los dos (¿será viudo, estará separado? No dice y yo no me atreveré nunca a preguntarle). Ya no en Viareggio, sino en una ciudad pequeña del sur de Italia, llamada San Sosti (les remitieron mi correspondencia, ¡milagros del Primer Mundo!). Dice que quisiera conversar con mis padres (vía cámara web, de ser posible) para concretar luego un posible encuentro visual entre nosotras. Romina casi no habla el castellano y aún no sabe que yo deseo conocerla. Su padre se lo dirá a partir de lo que acuerden con los míos.

Me enferman tantas vueltas para permitirme un contacto con una hermana. Nosotras somos quienes debemos decidir esto, no ellos.

Le respondí así: "Muchas gracias, señor, le adjunto otra foto mía para que le permita a Romina conocerme, alguna vez, o cuando a ud. se le dé la gana. Atentamente. Cecilia".

Que haga lo que quiera. Yo le reenvié ese correo a mis viejos, y veremos qué onda tiran.

Besotes... livianitos (para pesados ya no tengo fuerzas).

Ceci

Me fui de boca, querido Ányelo:

Pablo dijo que no hacía falta ser tan cabrona. El tipo (el padre de Romina) tenía derecho a cuidar a su hija, ¿qué tal si cualquier loca dice ser su hermana y le llena la cabeza de basura?

Algo de razón tiene. Es una piba de 13 años.

Y sí. Capaz que ahora don Holmer no me escribe nunca más, y tendré que esperar que sea mayor de edad para saber de ella.

Eso me pasa por atropellada y leche hervida. ¿No aprenderé jamás a tomarme un tiempo para pensar antes de meter la pata?

Muich... besotón.

Ceci

Esta es de película, querido Ányelo:

Un capítulo aparte, la búsqueda del hermano Nº 4, Ramiro Beltrán Almeida.

¿Para qué le habré hecho caso a Pablo?

Tal como lo sugirió, nos escapamos hasta Villa Parque (ufff... una hora y media en tren... ¡cómo viaja la gente a la hora pico!... ¡como ganado!).

Todos conocían quiénes eran los Beltrán Almeida en la estación donde bajamos. Son dueños de medio pueblo. Pero cuando preguntamos por Ramiro, nadie nos daba pistas certeras.

Yo empecé a listar desgracias. ¿Se habrá muerto? ¿Será loco? ¿Lo ahogaron de chiquito?... cualquier estupidez.

Pablo, con paciencia de santo (bien puesto lleva el nombre), me tranquilizaba y daba aliento.

Se nos ocurrió preguntar cuál era la escuela privada más costosa por la zona. Si estudiaba, iría a una así, supusimos. Preguntamos en una farmacia. Consultamos en un locutorio. Nada.

Nos sentamos en un bar a refrescarnos y pensar nuevas estrategias, cuando de pronto frenó un patrullero. Bajaron tres policías y nos pidieron documentos. Pablo les aseguró que no llevaba encima nada más que el abono del colectivo. Yo, mi carné del club. ¿Edad? ¿Nombre? No sabíamos qué sucedía.

A Pablo se le ocurrió decir que éramos menores, que llamaran a nuestros padres. Yo casi lo acuchillo con la mirada. Si mis viejos se enteraban de que estaba desaparecida de la escuela, a hora y media de mi casa y sin permiso, era mujer muerta.

La cuestión es que nos llevaron a la comisaría. ¡En el patrullero! Un poli panzón se sentó a mi derecha y Pablo a la izquierda. Para variar, yo, el jamón del sándwich. Los otros dos policías adelante. Entré en crisis y a gritar qué pasa, qué hicimos, por qué nos arrestan. Pablo trató de calmarme y reclamó un abogado, un oficial de minoridad, algo.

El que iba al lado del conductor insinuó que nos tranquilizáramos, si no ocultábamos algo no teníamos por qué temer. Enseguida pensé que nos iban a poner drogas en las mochilas y nos acusarían de narcotraficantes (definitivamente, las series yankis le han hecho estragos a mi imaginación).

Grité, lloré y tiré tantas patadas para cualquier lado al bajarnos del patrullero, que no les quedó más remedio que llamar a una mujer policía, a un agente de minoridad, a una enfermera y luego se acercó también el comisario.

Con un café caliente de por medio y más calmados, Pablo anunció que no abriríamos la boca sin un abogado presente (¡qué seríamos sin la tele!).

Nos quedamos un rato a solas, Pablo, la mujer policía y yo. Oíamos pasos, puertas, más pasos. Al final entró otro oficial presentándose como teniente fiscal y nos hizo la pregunta que aclaró el panorama. ¿Por qué buscábamos a Ramiro Beltrán Almeida?

Silencio. Pablo preguntó si era un delito preguntar por un pibe que queríamos conocer por razones particulares.

Ahí nos advirtieron que hacía muy poco Ramiro había sido víctima de un secuestro express y que ya tenían detenidos a casi todos los autores, entonces quiénes éramos nosotros.

Metidos en semejante lío, no me quedó más remedio que confesar que yo era su hermana biológica, pero que ambos fuimos adoptados por distintas familias, por eso no nos conocíamos, y toda la lata de nuestra búsqueda.

No me creyeron una sola palabra, así que volvimos a reclamar, desesperadamente, un abogado, un cura, al Hombre Araña, al Chapulín Colorado... lo que fuese...

Pasaron un par de horas y el que apareció fue mi viejo. También el padre de Pablo.

Mi papá, que cuando quiere es un genio, siempre lo he dicho, asoció el llamado de la Comisaría de Villa Parque con los datos de los legajos de mis hermanos y trajo todos los papeles.

Les demostró a los policías mi versión y el motivo de mis preguntas por la zona. Eso para el público presente; en privado me echó unos gritos y unas amenazas terribles. Creo que estaré castigada hasta los 18.

A Dios gracias, no me quitó el celular, y supe que Pablo se fue también con su padre, no sin antes enterarse de que tenía abierta una ficha en la jefatura de investigaciones, debido a una sentada de protesta que había realizado con el centro de estudiantes en la calle, al frente de su escuela, hacía un tiempo atrás, a raíz de los reclamos por herramientas y tecnología para ¡aprender! en "una escuela ¡técnica!"... ¡Y yo que creía que los atropellos de la dictadura habían acabado en este país!... ¡qué ingenua!

Como ves, no está siendo nada fácil reconstruir el rompecabezas familiar. Menos mal que te tengo. Tuya.

Ceci

¡Sálvame, oh, mi Ányelo querido!

Llevo una semana presa. Solo me dejan ir a la escuela. Alguien me acompaña. Alguien me trae. Nada más faltan las cadenas.

Mi vieja dice que jamás hubiese imaginado que yo fuera capaz de engañarla así. ¿Acaso no estuvo a mi lado en todo esto de buscar a mis hermanos biológicos? (El papel de víctima le sienta a las mil maravillas).

Mi viejo no me habla aún. Y Adela, para no ser menos, estuvo dos días en cama con contracciones, del susto, dicen. (No, si todavía voy a ser culpable de lo que le pase al bebé. Ya empezamos).

¡Alabados sean los creadores de Internet y los celulares!... (y Amalia, que me avisa apenas se va mi vieja de casa y cuando regresa para apagar los aparatos).

Extraño a mis abuelos y a mis tías.

Quiero abrazar a Pablo, no me alcanzan sus mensajes de textos y sus correos amorosos.

No me van a dejar más alternativa que escaparme. Como Marianella y Sebas... (¿Qué será de ellos?).

Por ahora me voy a dormir y después la seguimos. Besos sin cadenas de esta esclava que te ama.

Ceci

¡No me lo vas a creer!, querido Ányelo:

¿Quién apareció de repente, de la nada, o mejor dicho del ciberespacio en mi chat?

Sí, Ramiro. Ramiro Beltrán Almeida.

Resulta que yo estaba chateando con las chicas del club (para matar el tiempo de encierro), y de pronto apareció una ventana con la leyenda "Soy Ramiro y también te busco". El único que podía hacer una broma así era Pablo, pues conocía el tema, pero él sería incapaz de hacerme eso.

Le contesté "acá estoy" y me invitó a una sesión con la cámara web. Los dedos se me endurecieron. No reaccioné. Fue un segundo. Luego acepté.

Se abrió otra ventana y ahí me esperaba. Quedamos mudos. Apoyé los codos sobre el escritorio y me sostuve la cara con las manos. Nos miramos. Él muy serio. Los dos asustados. ¿Seríamos realmente hermanos biológicos?

Luego de unos segundos la ventana se cerró. Sorpresivamente. De golpe. Yo no moví el *mouse* ni toqué ninguna tecla, así que fue él quien se desconectó.

¿Se habrá asustado? ¿Por qué no le hablé? ¿Me creyó una farsante? ¿Por qué me buscó y luego se fue sin decir ni *chau*?

No reaccioné a tiempo ni para capturar con mi cámara la imagen de su cara. Me miraba serio. Sus ojos marrones brillaban melancólicos, midiéndome. Usaba el cabello con reflejos rubios y recogido en un rodete sobre la coronilla, anteojos de lectura a modo de vincha, mmm... cómo decirlo... bastante esnob... Pinta de chico rico.

Bueno, hasta aquí llegamos con Ramiro. Por lo menos sabemos que existimos y que alguna vez lo intentamos.

Después de todo, valió la pena este encierro. Logré lo que buscaba. No que me quisiera, solo que supiera que existo. Que existimos más allá del destino que nos tocó en suerte.

Ceci

Los hermanastros son peores en los cuentos, querido Ányelo:

¡Nunca se termina de conocer a la gente! Durante los días fatales de mi encierro, ¿quiénes se turnaban para atenderme, acompañarme, darme charla? Javier (siempre listo para hacer suya mi vida) y Jimena (ya sabía que no era muda y que no tenía la cabeza tan limada como creía... pero ¡hasta tiene corazón!).

Javi había visto a Sebas, en su casa. Los padres lo buscaron con la policía, con un detective privado y una enormidad de papeles legales. Pero, a la vuelta del destino, Sebas regresó por propia voluntad. Cansado. Hecho una piltrafa.

Jimena y yo preguntamos a coro por Marianella. Quedó viviendo con esos tíos del campo. Se mudó allá. Dice que quiere que su hijo crezca lejos del loco de su padre (el de ella). Lo que no sabemos es si se pelearon o qué pasó con Sebas.

Jimena hizo un monólogo larguísimo y no tan delirado acerca de la cantidad de chicas que ella conocía que se embarazaron para irse de su casa, o para enganchar un novio para casarse. Sobre el pucho, me preguntó por Pablo. Le dejé en claro que con Pablo no se metiera. Que mi relación con él era privada, de a dos, y que se quedara tranquila, que yo no era como esas amigas suyas. Tenía bien en claro que un hijo no es un trofeo, ni un cheque a cambio de nada. Además nosotros (incluyéndolos) teníamos mucho por delante para crecer, disfrutar y vivir... Yo era una experta en hijos, aunque ni se me ocurría tener alguno antes de la próxima década.

No sé si por aburrimiento o qué, terminé mostrándoles mis carpetas con las historias de mis hermanos biológicos. ¡Oh, sorpresa! Con un sentido común poco usado, por lo menos hasta el momento, Javier fue anotando sobre mi pizarra acrílica los datos que yo tiraba.

Tal vez por el buen internauta que es, se le ocurrió que para tratar de localizar a Eduardo Epse (esté o no en Brasil) y a Natalia Inés Martínez (en Buenos

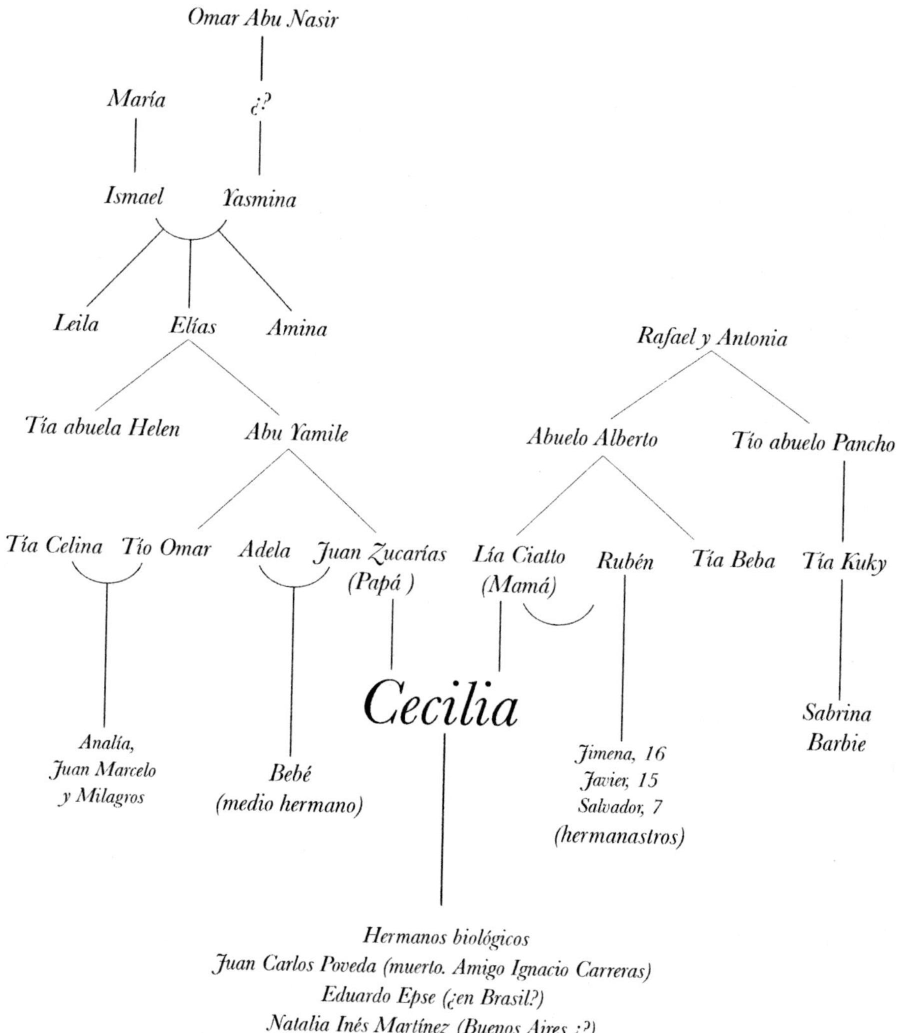

Hermanos biológicos
Juan Carlos Poveda (muerto. Amigo Ignacio Carreras)
Eduardo Epse (¿en Brasil?)
Natalia Inés Martínez (Buenos Aires ¿?)
Ramiro Beltrán Almeida (Villa Parque… un flash en el chat…)
Romina Lucrecia Shirley Holmer (en San Sosti, Italia)
Nancy Rocío Scangaretti Ortiz (Cavalonga… ¡la conocí!... ¡un aparato!)
Jerónimo Rafael Giacanti (a 6 cuadras de Abu… lo vi de lejos)

Progenitora: Teresa Poveda

Aires), podíamos armar una página y colgarla en la red.

No me convenció del todo cómo funcionaría esa página (ni sé por ahora si quiero seguir buscando), pero por lo pronto, se me ocurrió armar una ayuda memoria con mi rompecabezas familiar.

¿No quedó un poco más en claro, así? (No, si yo también, cuando quiero, puedo). Tuya. (¿En qué cuadro te ubico, Ányelo mío?).

Ceci

Mañana fría con invierno en el alma, querido Ányelo:

Me llamó por teléfono Abulinda para contarme que los Giacanti se estaban mudando.

Se ofreció para hablar con mis viejos y pedirles que me permitieran ir a su casa. Estuve tentada en engancharme, pero luego me vino el bajón. No quería ver esa mudanza. Qué iba a hacer. ¿Ponerme a gritar en la calle? ¿Asustar a Jerónimo?, si es que aún no se lo habían llevado a otro lado para que no pudiese tener contacto alguno conmigo...

No, no valía la pena. Ya hice lo que pude. Lo vi. Dejé una carta en su buzón (quizás por eso se están mudando... o no... Bueno, en una de esas, este cambio de casa lo tenían previsto de antes... Qué sé yo... Tal vez solo es el destino empeñado en poner sus propios puntos suspensivos...).

Ya está. Algún día, quizás, él también buscará su historia, la que también pudo ser, y tal vez me encuentre y yo pueda aportar este capítulo a su vida.

Beso con escarcha, beso tristón, beso gris de despedida.

Ceci

Día de gran conversación, querido Ányelo mío:

Mi cautiverio va llegando a su fin. De a poco empiezan a soltar mis cadenas. Libertad, libertad, libertad... (Finalmente alguien les avisó a mis viejos que la esclavitud se abolió hace más de un siglo...).

Mamá y yo tuvimos una gran charla.

Hace un par de tardes se apareció por mi dormitorio con una bandeja cargada con dos tazas con leche chocolatada y medias lunas rellenas con queso. Cerró la puerta tras de sí con la pierna, y sin preámbulo alguno se sentó en la silla frente a mi escritorio, la giró hacia mi cama, y mirándome fijo decretó que teníamos que hablar porque si no ella iba a reventar con todo el entripado de palabras y sentimientos que se le apelotonaron adentro en este último tiempo (algo más o menos así largó de corrido).

Sentí un escalofrío. Me imaginaba que venía de sermón la visita, pero no. Me equivoqué.

Arrancó recordándome que ella era mi madre. Mi única madre. Que todo este periplo de búsqueda de mi identidad la ponía patilluda (mi vieja está llena de ese tipo de palabras raras de su época). Pero conversaría conmigo, a fondo (así lo dijo) para aclarar varias cosas.

Por primera vez la noté insegura, y casi indefensa delante de mí. Siempre ha sido tan prepotente y audaz. Si se propone algo, lo logra. Como cuando concursó para ser jefa del servicio de enfermería del hospital, no la paró nadie. Se mató estudiando día y noche, a contraturno de las guardias y lo logró.

Pero ahora, parecía desmoronarse hablando de mi infancia, de su amor maternal, de lo feliz que yo la hacía, de que tal vez ella actuó mal conmigo, por eso yo estaba tan ansiosa por conocer a mis parientes biológicos. Los ojos siempre le brillan de optimismo, pero en ese momento creo que eran lágrimas que no terminaban de salir.

Hasta ese día, creía que mamá pretendía, de corazón, que yo buscara mi identidad, pero era una pose, una coraza. Hacía lo que debía hacer, según la psicología, pero no lo que en realidad deseaba que sucediera. Creo que ella fantaseó con que, cuando me ofreciera elementos para la búsqueda, yo desistiría. Pensaría "qué buena es mi mamá" y ¡ya! Pero como no lo hice, y más aún, salí a buscar cada una de las pistas que iban apareciendo, se decepcionó, y lo peor, es que creyó que ya no la querría. ¡Qué sonsa! ¡Cómo no la voy a querer! Son muy complicadas las madres… ¡y celosas!

Lo cierto es que pude aclarar, yo también, varios puntos que me tenían harta desde hacía muuucho tiempo. Por ejemplo, que no me gustaba cómo lo trataba a mi papá. Siempre como a un enemigo. Siempre en son de guerra. Se le notaba demasiado que fingía, delante de mí, atenderlo de manera casi amable, pero me dolía mucho cuando a sus espaldas hablaba mal de él con todo el mundo. A veces llegué a creer que lo único que le importaba era que le pasara el dinero de mi cuota alimentaria.

En ese momento se echó a llorar en serio, nomás. Pero me dio la razón y lamentó no haber tenido esta conversación antes. Que la perdonara. Trataría de corregirlo.

Yo me levanté y la consolé. No soporto verla llorar.

Intuía que iba a llegar al tema y lo hizo. Preguntó qué pasaba con Pablo. Le expliqué que estábamos empezando a conocernos, que no se preocupara y menos aún que se metiera. Le pedí disculpas por aquella fuga para buscar a Ramiro, pero le juré que yo no haría nada como Marianella, ni se me ocurría remotamente escaparme de casa (exageré un poco, pero por su bien...). Este es mi hogar y mi familia, insistí para tranquilarla. Bué... en realidad este, el de papá, el de mis abuelos... (me burlé de mí misma y largó una risita nerviosa). Por primera vez no me sentí tan tironeada, sino como con más opciones. En realidad, ahora se me da por pensar que tengo un hogar con dos casas principales y dos sustitutas. No está nada mal, eso. (Y pensar que Amalia me lo repitió mil veces, pero yo creía que lo hacía para apañarme, como siempre).

De momento, voy a dejar de buscar hermanos biológicos. No por darle el gusto a mamá, sino porque me parece que no es tan sencillo como yo supuse. En el fondo de mi corazón, yo creía que me iban a recibir con alegría, como Nancy. Pero no es así. No todos mis hermanos quieren saber de mí. Ni sus padres. ¿Para qué provocar lo que ya no fue? Lo único que me gustaría conocer, sí, es qué ha sido de Teresa Poveda. Solo saber... Pero le voy a hacer caso a mamá para hallarla, pediré ayuda a la psicóloga, así dejo de amargarme tanto.

La seguimos otro día. Tuya.

Ceci

Viva el deporte, Ányelo:

Mis viejos me dejaron viajar con el equipo de vóley a Pampa Gringa el fin de semana pasado. Eran las eliminatorias provinciales. Salimos segundas. Ganamos medalla de plata. En el club no paran de festejar. Nosotras queríamos la de oro, pero, como dijo el dire, vamos por la dorada a las olimpíadas.

Desde que no entrena Marianella, y como Lola jugó de líbero, quedé como la de mejor saque, así que me designaron capitana del equipo. ¿Qué tul? Me tocó recibir el premio, ¡espectacular! ¡Emocionante!

Pablo y sus amigos de básquet estuvieron haciendo la hinchada en la final. Tía Beba y mamá nos acompañaron como asistentes del equipo (para darnos comida y acomodarnos la ropa, porque esas dos tienen menos deporte que iguanas en invierno).

En el fogón del adiós, un clásico para la noche de despedida en estos encuentros, cada equipo cantaba las canciones de su club. Cuando me levanté a acercar un leño a la fogata, Pablo también lo hizo y luego se sentó a mi lado. Estiré una manta sobre el suelo. Él se acomodó muy junto a mí. Yo traté de ubicar de reojo a mamá y tía Beba. Las dos conversaban acaloradamente en la última fila, con jugadores de las ligas mayores, técnicos y otros padres. Pablo se acercó a mi oreja y susurró que no me preocupara, que estábamos entre un montón de gente, no podíamos escandalizar a nadie. Su ocurrencia me divirtió. Él también rio y por unos instantes nuestros ojos (chocolate y crema del cielo) se mezclaron con el fuego del fogón.

Cada grupo hacía algo. Cantaba, o dramatizaba, o bailaba, o hacía alguna acrobacia. Los del equipo de básquet prepararon una pirámide humana de cuatro pisos portando coloridas banderas. Cuando estuvo armada, parecía que nadie subiría arriba de todos. Preguntaban a uno y a otro del público invitándolos a animarse a trepar esa torre. Yo padecía pensando que ni se les ocurriera mirarme a mí. Finalmente bajaron las banderas y apareció Pablo (no sé en qué momento se fugó de mi lado), disfrazado de mujer, con corpiño puntiagudo y todo. ¡Qué payaso!, hizo un par de piruetas y escaló sobre las espaldas de sus compañeros hasta alcanzar la cima. Nos divertimos muchísimo. Yo sentía que los cachetes de mi cara se encendieron más que la fogata. Mamá me miró compinche.

Por nuestro equipo de vóley, Regina y Lola dramatizaron, a lo comedia musical, una escena en el vestuario antes de empezar cualquier partido. (Muy chistosas para reírse de las demás... ja... claro... así cualquiera...). A cada una nos remedaban con nuestras manías. A Caty peinándose con gomina (siempre se la escondemos y se pone loca); a Paola con sus protectores dentales (una vez se los untamos con talco mentolado... Dios, lo que fue eso...). Y caí yo también en la volteada: me imitaron gritando *jara, jara*[22] buscando mis muñequeras y luego todas juntas gritaron *mashnune*[23]... Casi muero de la risa. No me había dado cuenta de que ellas me oían rezongar así... Y pensar que yo insultaba en árabe para que pasara desapercibido.

Todas lo disfrutamos. En ese momento extrañé a Marianella. Cada año, durante los últimos tres que hacía que competíamos representando al club, habíamos compartido esos fogones. Creo que varias

---

22 *Jara*: pronunciación del árabe para expresar "mierda".
23 *Mashnune*: pronunciación del árabe para expresar "loca".

pensamos en ella en ese momento, porque nos abrazamos con Celeste, Lisa y Camila sin decir palabra pero con el corazón aguado.

De pronto, nuestra entrenadora empezó a pedir que la capitana poeta, ganadora de la medalla de plata en vóleibol, recitara algo. Pablo había regresado a sentarse sobre mi manta. No alcancé a decir *no*, cuando las chicas ya me arrastraban al centro de la rueda. ¡Qué vergüenza! Un montón de gente que no conocía me devoraba. Como en los dibujos animado, podía ver los huecos de sus ojos en medio de la noche. En ese momento odié a mi entrenadora, grandísima bocona.

Se hizo un silencio de cementerio, que duró un siglo. Yo sola, parada en medio de todos, en el corazón de la nada.

Siempre he tenido una memoria privilegiada, más aún para recordar los poemas que me gustan, pero se me había hecho un pozo en el cerebro. No podía reaccionar. Ni pensar. Ni recordar nada. Los ojos del mundo me pinchaban el estómago.

Justo cuando, por fin, un pie obedeció mi orden de fugarnos de ese infierno, sentí el brazo de Pablo sobre mi hombro. Lo seguían todos sus compañeros de básquet atrás agitando sus banderas. Con palmas y al ritmo de un redoblante cantaron: "Y dale alegría, alegría, alegría a mi corazón, es lo único que te pido, al menos hoy..."[24]. Muchas otras voces se sumaron.

---

24 Fito Páez, fragmento de la canción *Y dale alegría a mi corazón*.

Aparecieron maracas y otros instrumentos improvisados. Terminamos siguiendo el ritmo y bailando alrededor del fuego, todos, como en un ruidoso ritual de una tribu primitiva. En un instante el universo se reacomodó otra vez. Las estrellas nos espiaban llenas de latidos.

No sé cuándo ni cómo, pero me tengo que casar algún día con ese pibe. Es el hombre de mi vida. Lo quiero hasta el infinito.

No te pongas celoso, Ányelo, ¿eh? Besos.

Ceci

Al final, tarde o temprano, todo llega querido amigo:

Sin vueltas ni avisos, apareció buscándome Natalia Inés Martínez, la hermana biológica que ni pensaba que podía hallar entre tanta gente que vive en Buenos Aires.

Ella comenzó, como yo, averiguando en el juzgado y siguió las pistas.

Primero dio con papá y él, cauteloso y sabiendo de mis últimas decepciones, tanteó si yo querría aún conocerla.

El corazón me punzó una costilla. Me puse nerviosa. Lo miré pidiéndole consejo, ¿qué haría él en mi lugar?

Luego subió desde mi estómago una sonrisa emocionada y supe que el momento había llegado. El destino y nuestras voluntades estaban a punto de reunirnos.

El lugar de encuentro fue una confitería cercana al hospital donde trabaja papá. Me acompañó y esperó distante, un par de mesas atrás de la nuestra.

Natalia llegó puntual (y eso que debió haber viajado bastante). Anunció que vendría vestida de rojo, por eso la reconocí. No nos parecemos en nada. Es más bien baja y regordeta. Parece mucho más grande que su edad. Tiene el cabello brillante, lacio y largo hasta la cintura.

Al verla entrar me puse de pie y se dirigió a mí preguntando si era Cecilia.

Nos sentamos en silencio. Así estuvimos unos segundos. Miré a papá sin saber qué hacer. Justo en el momento en que mi viejo amagó a moverse hacia nosotras, Natalia comenzó a hablar.

Se crió en una familia de padres casi ancianos, que murieron cuando ella tenía 15 años, en un par de meses, uno tras el otro. Fueron buenos con ella, aunque la hubieran adoptado para que los cuidara cuando llegaran a viejos. Y lo hizo con amor y dedicación. Por un tiempo vivió con unos vecinos, sus padres le habían dejado unos ahorros. Recién ahora está terminando la escuela secundaria en un bachillerato acelerado, y trabaja en un jardín maternal, asistiendo a maestras de preescolar en la atención de bebés. Le encanta esa tarea.

Nunca le entusiasmó demasiado buscar a su familia biológica, y no lo hubiese encarado de no ser por un tipo que se le apareció a la salida de su trabajo, exigiéndole dinero a cambio de información acerca de sus hermanos. Al principio se asustó mucho, pero pidió ayuda en el juzgado donde sabía que tramitaron su adopción y entonces, de a poco, fue juntando valor para conocer su historia y para denunciar en la policía a ese sinvergüenza.

Saqué del bolsillo mi medallita de níquel. Ella hizo lo mismo. Nuevamente eran idénticas. Había averiguado que nuestra madre (así la llamó Natalia, yo le corregí "en tal caso, progenitora"), por aquellos años, vivía de la caridad del servicio asistencial de la parroquia de Los Pozos. Evidentemente, de ese lugar sacaba los dijes de la Virgen.

Intuí que oiría algo que no quería escuchar. Papá lo debe haber presentido y se acercó a la mesa, nomás. Los presenté. Natalia bajó la vista y preguntó si me interesaba saber sobre esa mujer que nos dio en adopción. Papá apoyó su mano en mi hombro.

Ya sabía que nada ni nadie me obligaba a hacer lo que no quisiera, pero lo miré como pidiendo auxilio. (Es que me da pena y me asusta que mis viejos se sientan apartados de mi vida cuando yo más avanzo en la historia de mi nacimiento). Papá volvió a repetir que era mi decisión, y la que tomara, ellos acompañarían.

Teresa Poveda vivía en un barrio marginal de Río Rubí, en una casa muy precaria, con un esposo, varios hijos (¡más hermanos!... Dios...) y hasta con algunos otros parientes.

Natalia fue hasta allá para conocerla. Con un poco de remordimiento dejó entrever que varias veces fantaseó con la posibilidad de que esa "madre", tal vez, no hubiese querido abandonarla por voluntad propia; quizás la habrían obligado a hacerlo, y quería salir de la duda.

Pero cuando se presentó ante ella, esa mujer no la reconoció y ni siquiera la recordaba. Le confesó que había entregado varios hijos a la custodia de la Virgen, demasiados... muchos... no se acordaba cuántos. La Virgen le había dado tantos hijos que, a cambio, ella los "ofrecía" a su cuidado. Natalia hablaba y miraba fijamente sus dedos que sostenían la taza de café.

Mis oídos se negaban a entender. ¿Cómo podía alguien pensar así? ¿Sembrar hijos por todos lados y encima decir que lo hacía por vocación cristiana? Papá me acariciaba la nuca y trataba de no intervenir, pero cada tanto metía la cuchara para explicarnos que a veces la falta de oportunidades, la desesperación o simplemente la ignorancia, llevaba a las personas a razonar y a actuar contra todo instinto. Al final es como dice mi abuelo Alberto: cada cual mira las cosas según donde está parado; se ve distinto un árbol desde abajo que trepado a sus ramas.

Natalia se ofreció a acompañarme hasta lo de Teresa Poveda, si yo lo deseaba, pero juró que solo había viajado porque quería conocerme a mí. Nada más. No tenía ninguna otra intención. Trajo a cuento, otra vez, a ese tipo que quiso extorsionarla. Papá hizo un gran esfuerzo por no explotar. Estoy casi segura de que es el mismo que estuvo en la cárcel con nuestro hermano mayor Juan Carlos. ¡Y pensar que se metió en mi fiesta! Pero... ¿por qué dejó esa tarjeta? Para mí que hasta tuvo que ver con el secuestro express de Ramiro. ¡Madre mía! ¡En la que estamos metidos!

Natalia tenía conocimiento de la existencia de Juan Carlos y de todos los demás. También sospechaba de ese Ignacio Carreras.

A mí, era a la primera hermana que contactaba. Dijo que fue a quien pudo ubicar más fácil por la guía del teléfono, a través del apellido Zucarías. Se le veía emocionada.

Yo seguía dura, como estatua, desconcertada. Hubiera querido contarle sobre Nancy, pero me advirtieron que no le diera datos de nadie. Según mis viejos, la que hablaba no tenía nada que ver conmigo. ¿Nada que ver conmigo? Era una extraña. ¿Extraña? Sin embargo, su voz me generaba una insólita mezcla de curiosidad, sospechas, asombro, deseos de conocerla y de seguir escuchándola. Fue como si estuviese anestesiada y desde algún lugar perdido en el tiempo, una nube pegajosa me tuviese atrapada en esa silla, frente a ella, sin historias ni demasiadas expectativas. Raro. Muy raro. No me es fácil describirlo con palabras.

A veces los silencios son más potentes. Y yo que creía lo que repetíamos siempre en el taller de Literatura; que las palabras eran sonidos e ideas que le ponían letra al mundo. Pero no, no son solo eso. Tienen vidas secretas... y también huecos... ausencias... nada... A veces duelen, como el alcohol cuando cura una herida. Otras, te abrazan... coco, cacao, cacho, cachaza, ¡upa, mi negro, que el sol abrasa![25] (¿Viste que es cierto que tengo buena memoria para los poemas? Este siempre me lo cantaba mi Abu).

Ceci

---

25 Nicolás Guillén, fragmento de "Canción de cuna para despertar a un negrito", en *Nueva antología mayor*, La Habana, Editorial Letras Cubanas, 1979.

Cuando empecé a escribirte, Ányelo querido, yo era otra:

No es que esté en uno de esos días dramáticos que a veces me atacan. Pero más o menos. Me consuelo pensando en algunos de los grandes escritores y sus trágicas vidas. Ahí, en el cuadro de honor de la Literatura, está, por ejemplo, Quiroga (Horacio) medio chiflado, enterrado en la roja selva misionera, escribiendo sobre monstruosos bichos adentro de las almohadas chupando la sangre de mujeres dormidas. Y la Storni (la de te vas Alfonsina vestida de mar, qué poemas nuevos fuiste a buscar...), ahogándose de la noche a la mañana sin motivo aparente.

Todos bichos raros, como yo.

Me devano los sesos pensando en todo lo que contó Natalia. Mamá está ansiosa por conocerla, pero como la psicóloga recomendó acercarse lo justo y necesario a esta hermana que aparece buscándome... (¿cuánto será muy cerca?), no darle información de nuestra familia, solo escucharla, no informar dónde vivimos, ni a qué escuela voy, nada... Bueno, a mi vieja le va a costar mucho decidirse.

Natalia sí me anotó en una servilleta sus datos, para que la buscara cuando quisiera.

Lo que mamá no sabe es que le hablé por teléfono un par de veces y nos escribimos varios mensajes de texto. (¡No exagero!, ¡ni tengo vocación por contrariarla, como rezonga siempre!, pero hasta que ella se decida cuándo, dónde encontrarse con Natalia, cómo acercarse y qué decir, vamos a envejecer en el intento).

Natalia vive con tres amigas y comparten los gastos de un departamento sencillo que heredó de sus padres ancianos. No sé si nos haremos carne y uña, no, pero me gusta cuando me pregunta por Pablo, o qué voy a seguir estudiando. Me parece que, en serio, yo le intereso. Creo que le hace bien sentirse mi hermana mayor. Y a mí no me molesta.

Ayer me escribió desde un estadio adonde fue con sus amigas a escuchar un recital de *Los confidentes buchones*, y hasta abrió el teléfono para que los oyera en vivo. Se pasó (y liquidó el crédito, pobre...). Son malísimos *Los confidentes buchones* (nunca me gustaron, yo escucho otro tipo de música...), pero estuvo bueno eso de compartir un mismo lugar a la distancia. Me encantó que me invitara a estar con ella, ese ratito.

Ojalá mamá se ponga de acuerdo con su neurosis (delirio persecutorio, diría su diccionario hospitalario) y podamos ir a verla pronto.

Ya llevo diez meses escribiendo este diario, recorriendo expedientes y buscando noticias de una historia que no termina de convencerme.

¿Por qué me siento parada en medio de un bote que flota tranquilo por el río, pero parece que en cualquier momento se topará con un remolino y puede naufragar? ¿Será que en los genes traigo alguna cuenta pendiente? ¿Y si no soy quien creo ser? ¿Quién sería? Solo una careta. Eso es mi vida. Una máscara. Ser o no ser, esa es la cuestión (¿Shakespeare dijo eso?).

No, no... a ver... tampoco la pavada... Yo soy yo. ¿Cuál es mi duda?... mmm... qué hubiera sido de mí si esa mujer no me hubiera abandonado. Me parece que esa es la pregunta que me atormenta. O en realidad lo que me angustia es suponer la respuesta. Por eso no quiero conocer a Teresa Poveda. Que se quede con sus medallitas y sus creencias estúpidas, sus culpas (¿tendrá culpas?), con sus muchos hijos y parientes, con su mugre y su miseria.

Tuya (y con todo mi rollo).

Ceci

¡Me nació otro hermanito!, Ányelo:

Ayer llegó a este loco mundo Mateo. ¿A ser uno más del montón? No él no, Mateo es único. Y es el bebé más precioso que jamás he visto. De verdad lo digo. Capaz que parezca un comentario de abuela, pero es perfecto. Muy, muy, muy bello.

Más chiquito que un muñeco. 2.100 kilos. Nació sietemesino. Un porotito rosado. Despaturrado en su incubadora parece una ranita humana. Con solo verlo, el corazón se me vuelve un parque de diversiones. No imaginé jamás que me pondría así, tan blandengue y sensiblera.

Adela asistía a una de sus dichosas clases de biorritmo cuando rompió bolsa. La llevaron de urgencia a la maternidad y todo sucedió en un par de minutos. Papá alcanzó a llegar de casualidad. Toda la historia de acompañar el parto, filmarlo y demás espectáculos que Adela tenía programados quedaron para otro show.

Mirándolo tras el cristal de la sala de cuidados de bebés de la clínica, papá me abrazó y murmuró que se sentía tan emocionado como la primera vez que me vio en el hospital de Los Pozos. Le pregunté si yo era así de pequeñita, ¿cuánto pesaba al nacer? No pudo responder. Me abrazó por la cintura y repitió como de memoria que a los cinco meses pesaba seis kilos. Me besó la mejilla diciendo que jamás había visto una niña más preciosa y que era su bombón y las zalamerías de costumbre. Lo abracé. Ese bebé nos tenía al borde de la lágrima.

Soy nueva en esto de ver nacer un hermano... ¿Te das cuenta? ¡Mateo podrá decir que fui su hermana... desde siempre!, ¡toda su vida! (y viceversa... ¡yo también!). Creo que eso me tiene a punto manteca sin enfriar.

Ojalá pronto lo saquen de la incubadora y pueda abrazarlo y sentir su olorcito a piel recién nacida. (Adela que ni sueñe con ponerme límites, como dice que hará con todo el mundo. Yo no soy todo el mundo, soy su única hermana).

Estoy feliz. Te quiero. Arrorró, mi Ányelo, arrorró, mi sol...

Ceci

Creo que crecí, Ányelo:

Hoy en la clase de Educación Sexual del colegio salió el tema de la adopción. El que debíamos tratar era otro (creo que la responsabilidad... no me acuerdo...), pero surgió ese de pura casualidad, y la profe juró que siempre hablaríamos sobre lo que apareciera como inquietud (... ¡es tan pedagógica!... je je...).

Me di cuenta de que la profesora se sentía incómoda sabiendo mi condición. Pero pasó algo insólito. Mariano Rivera se presentó como hijo adoptivo. Todos lo miramos, porque fue una sorpresa. (No lo había publicado como mis viejos y yo en toda la escuela). Con razón siempre era muy afectuoso conmigo, me prestaba sus útiles, me sugería jugadas (sabe un montón de vóley). Y yo que no le llevaba ni cinco de apunte al pobre.

La cuestión es que se puso a hablar de cómo se enteró, casi a los diez años, porque los padres no se atrevieron a decírselo antes. Él recordaba algunos episodios de su infancia que dudaba si los había soñado o eran realidad. Y es que lo adoptaron cuando tenía tres años y le tocó vivir ese primer tiempo de vida prácticamente en la calle. Sus otros dos hermanos también eran adoptados, pero desde bebés. Cuando iba hablando de todo esto, me miraba fijo, a los ojos, cada dos por tres. No sé bien qué me pasó, pero, como si tuviera un resorte en la lengua, yo también empecé a contar mi historia. Sin tantos detalles, claro. Tampoco es cuestión de desnudarse en público.

La profe se sentó tras su escritorio y escuchó nuestros relatos. Regina preguntaba todo el tiempo a Mariano sobre esas imágenes que recordaba de chiquito (se le renotaba que gustó siempre de él... Además es un mosquito cruza con vampiro: le encanta chupar sangre ajena escarbando chimentos...).

Se generó un diálogo que, más allá de ponernos en ridículo, nos integró como si todos fuéramos amigos (y no lo somos; en mi curso hay por lo menos tres bandas bien diferenciadas).

Algunos dudaban de la cantidad de hermanos que tengo (y de los que puedo llegar a tener aún).

Discutimos muchos acerca de si todos eran hermanos o solo los que uno siente como hermanos porque ha crecido con ellos. ¿Cuál es la familia? ¿La de sangre? ¿La de los afectos? ¿Ambas? Hubo opiniones de todo tipo. Desde las más hippies hasta las más racistas. Unas sensatas, otras ridículas. No me dolió escucharlas, al contrario, me aclaró el panorama en varios sentidos. La cabeza hueca de Renata Bottero opinó que tal vez Marianella debiera pensar en entregar su bebé en adopción y seguir su vida. (Nadie sabía nada de Marianella. Sus amigas nos sentimos tristes. No se había comunicado nunca más con nosotras).

Yo me quedé pensando en Marianella, la extraño. (Ya debe ser madre... ¿qué habrá tenido? ¿Nena? ¿Varón?... ¡cómo me gustaría saberlo!... y verlos...). Estoy casi segura de que ella no hizo nada adrede para lastimarme. A veces uno solo hace lo que puede, en el momento que le toca y con lo que tiene a mano. Qué genial la frase que repite siempre tía Helen: "¡Es lo que hay!". Yo ahora sé que con lo que hay, uno va armando la vida.

La profesora puso en su lugar a la desubicada de Renata, por suerte, y seguimos debatiendo.

Uno de mis compañeros me hizo una pregunta sobre el hospital donde estuve, que me dejó pensando. ¿Esos cinco meses antes de dar con mis viejos, cómo fue mi vida? Tengo que averiguarlo. No sé por qué. Solo quiero saberlo.

A Pablo no le gustó mucho verme salir de la escuela charlando con Mariano. Nos despedimos con un beso de amigos, por primera vez. Le prometí prestarle una novela maravillosa (y terrible) que leí sobre unos pibes de la calle en Brasil, *Los capitanes de la arena*.[26]

Cuando llegué a la esquina, Pablo me saludó torciendo la cara; se le notaban los celos aunque quería disimular. Qué bobo. Al saber lo de la clase se quedó más tranquilo (¿se quedó más tranquilo?... mmm... bueno, es su problema, yo bastante tengo con los míos, ¿no?).

Chaucito por ahora. Tuya (pero que no se entere Pablo, ja, jaraja...).

Ceci

---

26 Jorge Amado, *Los capitanes de la arena*, Madrid, Alianza Editorial, 1981.

Sigue el culebrón, querido Ányelo, aunque toma tinte de cuento policial:

Vino tía Beba a lo de papá. En principio creí que para conocer a Mateo (hace tres días que lo trajeron a casa). Bueno, sí, de paso lo conoció y le trajo de regalo un sonajero musical. (Cada día está más precioso el bebé. Le encanta dormir encima mío... y a mí también, aunque Adela poco más me desinfecte con alcohol antes de recostarlo sobre mi pecho).

La cuestión es que tía venía (además o sobre todo) a traer el suplemento de noticias policiales del diario *El Americanato*, para mostrármelo. También, trajo su cámara digital para comparar que la foto del tipo que aparecía como recién detenido luego de un asalto a unas oficinas de computación era el mismo extraño en mi fiesta. Y era, nomás. Al leer la nota, ¿qué resultó?, pues sí, era el dichoso Ignacio Carreras. Las sospechas se hicieron realidad.

Adela no estaba al tanto de nada (viviendo en su nube) y se anotició de todo así... a lo bruto... Yo no se lo hubiera dicho, porque tal vez armaba un escándalo y de seguro se horrorizaría de mi otra vida, la de mis hermanos biológicos. Pero contra todo lo que yo hubiese creído, opinó que debíamos hablar con papá y hacer inmediatamente una denuncia policial, para que ese tipo no saliera de la cárcel por unos cuantos años más, y para que cuando saliese ni se le ocurriera volver a molestarnos, o acercarse a nosotros. Y tuvo razón, es lo que hicimos.

Le avisé a Natalia para que comprara ese diario. Estuvo de acuerdo en todo.

Dudé mucho (porque no quiero saber más nada de ese pibe) pero finalmente me sumé a la idea de papá (tampoco me dio opción, para qué me voy a mandar la parte), de hacer conocer nuestra denuncia en la comisaría de Villa Parque, por si algo hubiese tenido que ver ese tipo con el secuestro express de Ramiro.

Se lo conté a mamá por teléfono y ella se ocupó de hablar con la mamá de Nancy, por las dudas.

Lo que sigue sin cerrarme en la cabeza es por qué ese Ignacio Carreras fue a mi fiesta y solo dejó una tarjeta. ¿Además de chorro es un asusta quinceañeras? Ningún invitado acusó que le hubiesen robado algo. No faltó una cartera, ni un tenedor... O sea, ¿para qué fue? Sigo especulando. Tenía una medalla como las nuestras que pudo habérsela dado Juan Carlos (o quedársela cuando murió mi hermano). Si solamente robó ese dije, otra vez: ¿para qué fue a mi fiesta? Es dudoso que solo por jugar al colado. Ahora, si fue Juan Carlos quien se la dio, ¿pudo ser un último deseo de mi hermano? ¿Por qué? ¿Por qué a mí no me molestó ese Ignacio Carreras, nomás dejó una tarjeta de cumpleaños, mientras sí quiso chantajear a Natalia y quizás también a Ramiro?

Cuando vuelva a casa de mamá voy a leer de nuevo todos los expedientes. Ahí debe estar la respuesta. Tal vez un dato que se me pasó por alto. Le voy a pedir a Pablo que me ayude. Él tiene talento de detective, es un genio para tejer coartadas (bueno, a veces le salen mal, como en Villa Parque).

"Elemental... Ányelo". La seguimos otro día. Besos.

Ceci

Soy la hermana mayor que todo bebé debiera tener (modestia aparte), querido amigo:

Antes de volver a mi casa (la de mamá), hice mi buena obra del día... no, la del mes... ¡qué digo!... ¡la del año!

Papá ya no tenía escritorio, ahora sería el dormitorio de Mateo. Adela lo decoró íntegro con escenas de mar (quedó bastante bien). Pero mi cuarto es más grande, y no tenía sentido que por unos días que vivo ahí papá anduviera cargando su portátil por toda la casa y el bebé arrinconado entre su cuna, el cambiador, un cochecito, el canasto de juguetes, los pañales... Así que le propuse que compartiéramos el viejo escritorio y yo cedía mi habitación para Mateo.

Tuve que insistir, porque Adela decía que no hacía falta, que ese era mi dormitorio desde antes, incluso, que apareciera ella (lo cual es cierto). Mi hermanito necesita más lugar (él es chiquito, pero todos los muebles y coches que usa...).

Con papá decidimos que sí, mi cama y su escritorio se ven geniales con el mar de fondo en las paredes. Agregaremos una bola giratoria de luz, para que los sueños naveguen.

¿Viste que bien adentro del corazón me sigo llamando Ángeles?

Ceci

Cuando tengo razón, la tengo, mi elemental Ányelo:

Releímos con Pablo los expedientes hasta quedar bizcos y con el lomo arqueado. (Él ya entra en mi casa, como amigo, claro, pero la ridícula de mi vieja no nos dejó estar en mi cuarto... es el lugar donde tengo todos mis apuntes, mi escritorio, todo. No sé qué piensa que puede pasar...). Bueno, la cuestión es que en la cocina nos pusimos a revisar los expedientes de adopción que trajimos del Juzgado de Los Pozos.

Jimena y Javier hicieron como que ayudaban. Bueno... algo colaboraron (¡qué odiosa soy a veces!... es cuestión de darles una oportunidad, también... ¿no?). Fue Javi quien detectó que Nancy fue la única, de los siete, que estuvo en un hogar de padres sustitutos (yo no noté ese gran detalle cuando leí por primera vez su expediente. De haberlo hecho, no me hubiese sorprendido tanto saberlo por boca de su madre).

Al que casi ahorco es al animalito de Salvador. Volcó un vaso de jugo encima de mis papeles. Todos nos abalanzamos para rescatarlos de la melosa inundación y los secamos urgente con un trapo. ¡Veinte veces le había dicho que apoyara el vaso en otra parte!, pero no... Apenas lo tuve a tiro, atrapé de los pelos al pequeño demonio y se armó una discusión fenomenal entre los que querían rescatar a Salvador de mis garras y los que no (estas son la ocasiones en que pasamos de Ingalls a Simpson, ¿viste?). En realidad terminé quedando sola en el bando de los estrangulachicos. Me salí de las casillas. (Juro que es la primera –y última– vez que Rubén me reta por culpa de ese enano maldito). La verdad es que Jimena, Javier (y hasta mamá, creo) estaban encantados con que ese mocoso recibiera su merecido, porque nos tiene bajo un tormento a todos. ¿Pero con quién se la agarraron?... conmigo, conmigo, conmigo. Mamá puso paños fríos a la situación diciendo que esas peleas entre hermanos ocurren hasta en las mejores familias.

Amalia planchó con cuidado los papeles húmedos y quedaron como recién fotocopiados (¡Es única!).

Cuando amainó el temporal, seguimos nuestra investigación.

Detectamos que todos mis hermanos ingresaron de recién nacidos al juzgado y fueron adoptados en no más de dos meses. La única que estuvo cinco meses en un hospital fui yo.

¿Pasó algo raro en esos cinco meses? ¿Estuve enferma? ¿Nadie querría adoptarme? ¿No estaba en condiciones para ser entregada? ¿Tal vez no querían deshacerse de mí?

A Teresa Poveda no se me ocurre preguntarle, porque si ni siquiera sabe cuántos bebés abandonó, ¿qué?...

¿Dónde averiguar?

Pablo sugirió volver a Los Pozos a investigar en el hospital. Tal vez siga trabajando alguien de aquella época, o figure algo en un registro, en el archivo...

Como a Rubén no pienso dirigirle la palabra, no le puedo pedir que me lleve otra vez a Los Pozos. Papá está a tiempo completo con Mateo. Mamá (¡Oh!... ¡milagro!) me autorizaba a faltar un viernes al colegio, y si tía Beba quería y podía... (querer, seguro que sí. Poder... es materia dispuesta).

Bien. Hecho. La seguimos cuando vaya. Beso.

Ceci

Es lo que hay, querido Ányelo:

Con suerte (y un temporal de viento a favor), una pregunta puede tener respuesta, pero para cada una hay un tornado de interpretaciones.

Era como suponíamos. En esos cinco primeros meses de mi vida encontré la clave. 152 días, ni más ni menos.

Y es que durante esos cinco meses tuve un hermano que fue mi única familia.

Sí. Juan Carlos Poveda. Con tan solo diez años, era quien me cuidaba. ¿Se puede creer?... En sus brazos dormía cuando un patrullero policial nos recogió de la calle, en estado de abandono.

Nos internaron a los dos, pero él fue dado de alta a la semana y derivado a un juez de menores. Yo quedé, lo supe de boca de Carlota Diez, la enfermera más vieja, chueca y encantadora del hospital de Los Pozos. Recordaba perfectamente a aquel niño que todos los días, durante cinco meses, se las ingeniaba para visitar a esa bebé morena y flacucha, que finalmente fue dada en adopción. Juanquito, como lo llamaban, luego huyó de la custodia judicial.

¡Me miraba fijamente y sonreía nerviosa! Contó que las enfermeras se habían encariñado tanto con ese pequeño que venía diariamente a la sala infantil del hospital, que le daban de comer alguna ración sobrante de algún paciente, lo higienizaban como podían y luego le permitían sentarse al lado de su hermanita. Por él supieron mi nombre, Ángeles, y que su mamá le dejaba encargada la niña a su cuidado, para ir a trabajar. Pero un día no regresó. Él salió a buscar comida por la zona con la hermanita en brazos, hasta que un policía los llevó al hospital.

Carlota aseguró que nunca vio a la madre de los niños por la sala. Nunca. Y como nadie reclamó por la bebé recién nacida, entonces el director del hospital terminó dando aviso al juzgado. Las enfermeras trataron de prolongar todo lo que pudieron la estadía de la bebé, y hasta le armaron un ajuar (sí... la cajita que me dio papá... qué tierno gesto el de esas mujeres). Comentó que llegaron a ponerme trapos calientes sobre el cuerpito, antes de una ronda médica, para que la fiebre inventada justificara más días de internación. Así, una vez por resfrío, otra vez por alguna infectocontagiosa pintada prolijamente con marcador, u otro ocurrente síntoma de una supuesta enfermedad, me dejaron cinco meses en el hospital.

Mientras la enfermera recordaba esa historia y tía Beba repreguntaba, no podía asociar cabalmente que esa bebé de la que hablaban fuese yo. Era como si la película que pasaba por mi mente tuviera otros actores. Pero sí, era de mí de quien hablábamos. Cada dos minutos, Carlota me abrazaba o me apretaba la mano, o me acariciaba. Le costaba aceptar que la de aquella historia fuese esta, ahí, frente a ella.

Como distraíamos a Carlota en horario de trabajo (y a cada rato la llamaban), le propusimos esperarla a la salida.

Entre tanto, nos mandó a hablar con Garrido, el portero de emergencias, la bioquímica Estévez, y con la exenfermera, ahora administrativa, Rosaura Liatti. Todos me saludaron emocionados y corroboraron la historia.

Don Garrido me dio el pésame por Juan Carlos. Yo no relacionaba qué tenía que ver conmigo su saludo de condolencias. Tía preguntó al instante, cómo sabía de su muerte. Y él contestó revoleando los ojos con gesto suficiente, que en emergencias uno se enteraba de casi todo. Un exconvicto se lo había contado. Otra vez aparecía Ignacio Carreras en escena.

Lo trajeron una noche al hospital de Los Pozos, muy borracho, luego de una pelea callejera que le costó una puñalada en una pierna. Y entre insultos y amenazas, les largó, al portero y a los jóvenes médicos de guardia, la lata con la historia de su amigo Juan Carlos, a quien le habían robado a su hermanita, en ese mismo hospital.

Conversando con el herido, don Garrido supo que Juan Carlos e Ignacio compartieron andanzas y celda. Mi hermano hablaba siempre de su hermanita Ángeles. De los demás niños entregados por su madre solo llevaba la cuenta, pero de mí se acordaba con especial cariño, ansiaba hallarme o al menos volver a verme.

De pronto la historia empezaba a cerrar. Tía intentó una: el tal Ignacio, una vez liberado, reconstruyó la historia de Juan Carlos, merodeó sus lugares y contactos no sin sacar tajada de lo que pudo (ya se sabe que el zorro pierde el pelo pero no las mañas). El porqué de su participación en mi fiesta de cumpleaños y el de la tarjeta anónima tendría más que ver con una promesa a su amigo muerto, o quizás un pacto de cumplirle el sueño, o incluso curar alguna herida propia… no sé… y la verdad es que ya no quiero saberlo.

Luego, a la salida del trabajo, invitamos a cenar a Carlota al comedor de la Terminal de Colectivos. Mientras comíamos, nos comentó apenada que dada yo en adopción, no supieron más de mí. De Juan Carlos sí. Siempre vivió en la calle con una banda de niños que deambulaba por poblaciones vecinas. "Querubines del barro", los llamaba un cura que trataba de contenerlos. Ella intentó rescatarlo en un par de ocasiones, pero el niño la culpó de la desaparición de su hermanita y no pudieron hacerle cambiar de idea. ¿Cómo se le explica a una criatura de 10 años que su hermanita estará mejor lejos, sin él? No pude resistir las lágrimas pensando cómo me caería a mí, con casi 16, si me dijeran de la noche a la mañana que Mateo ya no será mi hermano. ¡Dios!... cómo sentí de cerca, en el corazón, a Juan Carlos... y cómo odié a Teresa Poveda... qué impotencia.

Menos mal que me abrazaba tía Beba, recordándome que el amor es como un buen perro callejero, siempre dispuesto a lamer la mano de quien le acerca un hueso. Era dichosa de tener tanta gente que me quería de ese modo.

Ahora sé que, en la paleta de diferentes vidas que es mi vida, esto es lo que tengo. Podría echarme al suelo a llorar mi desgracia al descubrir solo recortes de fotos borrosas, o puedo agradecer que están ahí para armar por fin mi álbum, mis verdaderas imágenes, mis colores, el libro maravilloso de mis recuerdos, y también el de mi presente.

¿Estoy demasiado loca, Ányelo mío? Beso.

Ceci

Ya tengo 16, Ányelo amigo:

Mi Abu preparó una fiesta familiar en su casa, como siempre, pero mamá invitó a varios de mi mejores amigos y amigas. No como la de 15... ¡pero genial, también!, mucho más íntima.

Panzada de comida árabe. Música que ponía Javi desde la computadora conectada a los parlantes del equipo de audio en el patio. El abuelo Alberto trajo su torta de pionono rellenos con distintos tipos de cremas, dulces y frutas, mi favorita. Festejaron conmigo los imprescindibles, porque... ¿viste, Ányelo?...

en la familia están los que están y aquellos sin los cuales no se podría vivir.

Yo venía de días fuertes, repletos de emociones. Mis viejos, con sus respectivas familias (¡lo increíble!), me acompañaron al cementerio de la cárcel del Sauce, a poner flores en la tumba de mi hermano (yo planeaba ir con Pablo y tía Beba, nomás), y me anticiparon el mejor regalo: acababan de tramitar el traspaso de los restos a un cementerio parque mucho más cercano y menos enrejado. Tal vez en dos meses ya estén los papeles listos y podamos concretarlo.

Sé que solo es una formalidad de huesos y tierra que vuelve a la tierra, pero me da paz saber que algo pude hacer por Juan Carlos, a la vuelta del camino. Ese hermano me salvó la vida y yo no había podido ayudarlo... Ahora al menos estaremos cerca, como él siempre lo soñó.

¡Fue muy *muy* conmovedor! Mamá contactó, finalmente, a Natalia y le ayudó a cubrir su pasaje para que compartiera ese momento. (Se pasó la vieja). Todos estuvieron conmigo (Pablo también). Pusieron cada cual una flor, o un mensaje. Hasta el incordio de Salvador (que resultó ser un saqueador de tumbas) reclutó un ramos de flores robadas de otros nichos y plantó un jardín de claveles casi marchitos intercalados con rosas de plástico, a nuestro alrededor... ¡ese chico no tiene arreglo!

Escribí un poema:

En esta cáscara de nuez
alguien era como no es.
Niño bueno
manitos de hambre
corazón de leche
que el tiempo agrió.

Hermano perdido
querubín de barro
al fin, por fin,
sin fin, regresó.
En mi cáscara de nuez
alguien es ahora quien debe ser.

Cecilia Zucarías,
dedicado a su hermano Juan Carlos Poveda.

¿Te gustó? ¿Qué te parece si lo pongo en la placa que mandaremos a hacer cuando lo trasladen? (Tal vez se lo muestre a la profe del taller de Literatura, para que me ayude a corregirlo).

En este cumpleaños nadie me regaló un diario. Y estas hojas ya se acaban... ¿Agregaré otras? ¿Empezaré uno nuevo?... Veremos... Veo veo, ¿qué ves?... El final de algo siempre es el resurgir de otra cosa, como dijo el abuelo Alberto al brindar por mis 16.

En medio de la fiesta nos pusimos a bailar todos. Pablo aprovechó un hueco en la vigilancia de los mayores y me arrastró de la mano a la glicina. La trepamos y en el balcón del primer beso me regaló un anillo diciendo que sería mío para toda la vida. No pregunté si se refería al anillo o a él porque me dio vergüenza (y un poco de nervios), pero me encantó. ¡Fue tan romántico!

No lo memorizó, pero cumplió su promesa. Desenrolló un papelito y me leyó un poema de amor que terminaba diciendo:

El nombre de una mujer me delata.
Me duele una mujer en todo el cuerpo.[27]

(Guau... y yo que creía que Borges era muy complicado...). Me llegó. Me sacudió en lo hondo, profundo, como una flecha en el blanco exacto de mi historia. Porque parecía justo escrito para mí ese poema. Desde hacía un tiempo, me había empezado a doler la mujer que llevaba adentro. Pero no un dolor de enfermedad, sino de crecimiento, como cuando el zapato te aprieta. Como esa molestia que te anuncia que necesitás un número mayor. Barajar de nuevo... Ir por más... Y el nombre de esa mujer que me está naciendo me delata: sí, soy Cecilia Ángeles Zucarías Ciatto, con todas esas letras. Con todos sus colores. Con toditos sus aromas y palabras.

Esta vez bajamos del balcón, por el techo de la cochera y la glicina sin que nadie nos sorprendiera, pero me parece que mi abuelo algo sospechó por-

---

27 Jorge Luis Borges, fragmento del poema "El amenazado", en *El oro de los tigres*, Buenos Aires, Emecé, 1972.

que fue difícil despegarlo de Pablo, dale que dale con la pesca, con la balsa, con los anzuelos... Qué viejo loquilindo y metido (por algo es padre de mi vieja, siempre lo digo...). Al final logró zafar, y seguimos bailando hasta que la fiesta cerró su noche de música.

Hasta pronto, querido Ányelo, seguiremos andando. Tuya y mío por siempre. Hasta el infinito...

Ceci